KB146090

문학

어울림

문학 어울림 동인 시집 제3집

시음사

시사랑음악사랑

『문학 어울림』 동인 시집
출간을 축하합니다.

　전 세계에 몰아닥친 코로나 19로 모두가 힘든 시기입니다. 코로나 19는 사회 전반에 걸쳐 새로운 문화를 만들었습니다. 정부에서 주도한 사회적 비대면 정책에 기반하여 '문학 어울림' 행사도 2년간 치르지 못하였습니다. 코로나 19로 문우 간 대면을 할 수 없는 상황이었지만, 문학의 장(場) 문학 어울림을 통해 꾸준히 시와 수필 소설로서 문우 간 소통은 끊임없이 이어져 왔습니다. 이제 전 국민 코로나 백신 접종도 차차 확대되어 시대의 재앙인 코로나가 하루속히 종식되어 일상이 회복되기를 바라며 문학 어울림 문우 간도 대면으로 뵐 기회가 있기를 희망하며 그 새로운 물꼬를 트기 위해『문학 어울림』 동인 시집을 출간합니다.

　문학 어울림의 동인 시집『어울림』 제1집과 제2집을 출간하여 많은 독자로부터 호응을 얻었습니다. 특히, 『어울림 2 』동인지(同人誌)에 실린 40여 편의 시는 가곡으로 작곡이 되어 음반 「어울림 1」, 「어울림 2」 음반으로 출시되었습니다. 동인지에 실린 시가 오선을 타고 시 노래가 되는 선례를 문학 어울림이 선보였습니다. 이번에 출간이 되는『문학 어울림』 동인 시집은 가곡은 물론 가요로도 불리는 새로운 계기가 되도록 해보겠습니다. 코로나로 한동안 침체하여 있던 문학 어울림 분위기를 한층 북돋우고자 문학 어울림 동인지에 응모한 문우님의 작품을 선별하여『문학 어울림』 제3 동인 시집을 독자에게 선보일 수 있어 기쁘게 생각합니다.

　문학 어울림에서 문우 간, 글로 문우의 정을 나누는 모습이 아름답습니다. 문학 어울림에서 왕성한 활동을 하는 문우님의 글들이 널리 독자의 사랑을 받기를 기대하며 한국문단에 길이 남을 시인이 되기를 희망합니다. "문학 어울림"은 문우 간, 서로의 글을 존중하며 창작 활동을 하는 문인의 참모습이 되도록 부단히 노력할 것입니다.

시는 절제의 언어라 했습니다. 할 말을 절제하고 감출수록 시의 진가가 빛난다고 하였습니다. 시인은 굳이 말로 장황하게 설명하지 않아도 언어의 함축으로 표현 속에 헤아리지 못할 것이 없다고 했습니다. 시인(詩人)은 시어(詩語)에 생명(生命)을 부여할 때 마음의 고목에 생기(生氣)가 돌아 물꼬가 터져 오묘한 꽃을 피운다고 했습니다. 즉, 좋은 시는 살아 숨 쉬는 느낌이어야 한다는 뜻일 겁니다. 시인은 시구(詩句) 한 구절(句節)을 얻기 위해 고뇌의 진통을 겪어야 합니다. 어느 시인이 말했습니다. 모래를 일어 사금을 캐내는 것보다 글자 밭을 헤쳐 아름다운 시구 찾기가 더 힘들다. 이는 좋은 시를 쓰기 위해 부단히 노력해야 한다는 뜻일 것입니다. 또한 옛말에 시(詩)를 짓느라 심력(心力)을 다해 수척해진 것을 두고 선현(先賢)들은 시수(詩瘦)했다고 하니, 시를 짓기 위한 고뇌가 얼마나 깊었는가를 짐작하게 하는 글입니다.

글을 쓰는 문인에게 퇴고(推敲)의 중요성을 몇 번을 거듭 강조해도 지나치지 않는다고 했습니다. 글은 다듬을수록 더욱더 빛이 난다고 하였습니다. 우리에게 알려진 모든 문학의 명작(名作)은 퇴고에 퇴고를 거듭하여 탄생했다는 사실을 글을 쓰는 문인이라면 가슴에 새겨야 합니다. "문인(文人)에게 퇴고(推敲)는 글쓰기의 시작이자 끝이다."라는 교훈을 명심하고 문인은 글 창작에 있어 항상 '퇴고(推敲)를 즐기시라' 권하고 싶습니다.

"문학 어울림"은 문인들 간, 화합의 장(場), 소통의 창(窓)의입니다. 명실상부한 한국의 순수문학을 지향하는 문학 어울림은 문인 서로 간에는 돈독한 문우의 정을 그리고 신인 문인을 발굴에도 힘 기울이겠습니다. 이번 "문학 어울림" 동인지『문학 어울림』발간(發刊)을 모든 회원과 함께 축하하며 "문학 어울림"의 모든 회원의 이름으로 독자에게 선사(膳賜)합니다. 감사합니다.

2021년 11월 01일
문학 어울림 회장 주응규

* 목차

＊목차

*목차

* 목차

＊목차

＊목차

* 목차

✱목차

국순정

프로필

대한문학세계 시 부문 등단 / 대한창작문예대학 졸업
문예창작 지도자 자격 취득
2016 순우리말 글짓기 공모전 장려상
2016 올해의 시인상
2017 한 줄 글짓기 공모전 동상
2017 한국문학 베스트셀러 작가 우수상
2018 한국을 빛낸 자랑스러운 한국인 대상
2018 순우리말 글짓기 공모전 동상
2019 글벗 문학회 봄호 글벗 문학 대상
현) 문학 어울림 운영위원

너무 보고 싶은데 / 국순정

갈잎 사이로 비친 햇살에
눈이 부셔도 눈을 감을 수가 없어

감은 눈 안에
그리운 네가 있을 것만 같아서
미치도록 보고 싶은 마음에
눈물이 흐를 것 같아서

너무 보고 싶은데
너무 보고 싶은데
네가 너무 보고 싶은데

갈바람 사이로 너의 향기 스쳐도
널 느낄 수가 없어

세월 속에 휘청이는
나를 볼 것만 같아서
미칠 것 같은 그리움에
가슴이 쓰리고 아파서

너무 보고 싶은데
너무 보고 싶은데
네가 너무 보고 싶은데

말꽃 향기 풍기고 사는 겨 / 국순정

걍 살아보는 겨
별거 있겠냐마는 별거 있겠지 하고 살아보는 겨

걍 웃어보는 겨
웃다가 보면 웃을 일도 있겠지 하고 웃어보는겨

별사람 있간디
다 거기서 거기여

쥐고 온 것 없이 왔다가 왕창 쥐고 있어도
어차피 갈 때는 빈손여

맴이나 좋게 쓰고 살다가는 겨

말총 쏘지 말고
맞은 사람은 가슴에 구멍이 나
그 총구멍 오래가는 겨

나이 먹을수록 말은 참는 겨
내가 쏜 말총은 또 더 강한 말총으로 받을 수 있어

걍 한쪽 눈 감고 모자라므로 웃어버려
발끈하면 같이 모지란 사람 되는 겨

말꽃 향기 풍기고 사는 겨
이 좋은 세상
말꽃 향기 날리며

상추쌈 / 국순정

에미 안 뉴~ 에미 안 뉴~
내 사랑 내~편

상추쌈은 나만 먹여주고
꿀 떨어지는 눈빛은 나에게만 주세요
오빠를 사랑하는 사람은 나니까

깻잎 김치는 나만
떼어주고
큐피드의 화살은 나에게만 보내요
오빠는 영원한
내 사랑이니까

나는 여리지만 오빠사랑 하나면
모든 걸 참고 견딜 수 있어요
눈 돌리지 말고
나만 바라봐요

오빠의 사랑은
나니까

에미 안 뉴~ 에미 안 뉴~
내 사랑 내~편

에미 안 뉴~ 에미 안 뉴

김국현

프로필

울산광역시 거주
(주)KT, (주)ITS근무 은퇴
대한문학세계 시 부문 등단
(사)창작문학예술인협의회 회원
대한문인협회 정회원
대한창작문예대학 졸업
문예창작지도자 자격취득
2019.20.21년 명인명시 특선시인선 선정
〈공저〉
'시' 길을 가다 외 다수

송엽국 / 김국현

한 해 동안
비바람, 눈보라 속에
로프도 스틱 없이
바위 타고 오르고 올라
먼지가 흙이 된 곳에 뿌리 내려
이슬로 목마름 축이고
가을 햇살 받으며
도란도란 앉자

분홍 우산 펼쳐 들고
소곤 그리며 다정한 미소로
반갑다고 인사한다.

왜 그리 힘들고 바쁘게 살아가느냐?

어려우면
삶의 짐 내려놓고
쉬었다 가라고
방실방실 웃으며 반긴다.

* 송엽국(솔잎채송화, 사철채송화)

19

코스모스 / 김국현

잘록 허리 소녀가
흰 속살 드러내며
산들산들 갈바람에
고사리손 흔들어
설렘으로 생긋방긋 웃으며
반갑다고 인사한다.

분홍 그리움 달고
수줍어하는 당신이
기다리던 음악다방에서
발간빛 미소 머금고
처음 만나던 그 날처럼.

뜨거운 햇살 받는 여름날
눈길 한번 주지 못한 나에게
활짝 웃으며 반겨주는 소녀야!

어찌 그리 바람처럼
흐르는 물처럼
험한 세상 불평 없이 살아온
내 아내 닮았느냐?

들꽃 / 김국현

들꽃이
미소 머금은 채 꼬리 흔들며
바람에 흔들리고 있어

비바람이 불어도
향기 품으며
웃고 있는 너를 보고 있노라면

들꽃도 살랑살랑
설렘 있는 꽃이었노라

그대가
내 마음 흔들 때는
하늘이 노랗고
심장이 멎을 것 같았는데.

김달수

프로필

강원 양구 거주
문학세계 등단
문학 어울림 정회원
공저)문학 어울림 동인지 외 다수

세월에 피는 사랑 / 김달수

세월의 들 머리에 고인
무성한 언어 숲을 따라가다
가슴에 핀 하얀 순정을 바라본다

형체 없이 엉킨 숨결에 향기를 품고
뭉게구름 넘나드는
길 따라 달려가는 길

곧고 굽은 세월 따라 하루장을 넘기고
이름 여린 신음으로
소음을 만들어 삶인 듯 석양 아래
사랑을 풀어 놓다

꾸역 꾸역 중천 넘어 빛나는
가을빛이 세월 향기 들꽃 속에
피고 또 지고
너털 걸음 한나절에 떠나는
시름 세월향기 갈바람에
떠나는 사람아.

꽃잎에 이슬이 / 김달수

사랑의 원천
속삭임에 익는 달콤한 이름으로
가을볕에 내리는 그리움을 푼다

꺼억 꺼억 넘나드는 산중의
낮과 밤도 가을빛 가라앉는
때를 어루어 구름길 이어가는
꿈길을 열어간다

밤새 맺힌 이슬처럼
피고 지는 들꽃 속
소담한 이야기 가득히 담아
여울지는 가을볕에 조용히
다가가 가끔 외로움에 떠는
갈대숲만 어루만진다.

너를 위하여 / 김달수

옷깃을 타고 오는 품위를
받쳐 들고 동공을 빠져 가는
삶의 조각들이 지친 생각의
마디를 절단할 때

희망을 쪼아대는 공상의 긴 여로는
이바지된 삶을 간추리며
깊은 여울 속에 파도를 만든다

너를 위하여 수레에 짐을 싣고
낙원을 개척하는 모두의
진한 감정 울림이 돌다리를
건널 때

잘 익은 시간을 골라
하루를 채우고 밤별을 쏟아부어
네 가슴에 채워 주고 싶다

사방의 현란한 가로등 불빛 속에
인생을 닦아 거리의 모두를
둘러메고 시름찬 찬바람을
지우는 그 무엇으로 남아

깊은 삶의 골목에 빠져가고 싶다
모두를 위한 너를 위하여.

김미연

프로필

대한문학세계 시 부문 등단
(사)창작문학예술인협의회 회원
대한문인협회 정회원
대한문인협회 경남지회 홍보국장
현) 문학 어울림 정회원

손씨 고택 / 김미연

돌담은 바람에 형체를 잃고
대들보와 대청마루는 손길을 잃었다

생이 잘려 나간 질곡의 시간을 지나

홀로 스러져가는 모습에
혀만 차며 바라볼 수밖에 없었던 폐가

새 기와로 얹으니 안색이 돌아오고
대들보와 서까래의 결이 살아난다

안방마님이 대청마루를 나서고
새아씨 옷고름 물고 몸을 꼬는듯한
마당으로, 감나무가 그늘을 키우는 중이다

이웃한 향교 뒤뜰 대나무도
길손 재워주는 착한 이웃 생겼다며
덩실덩실 온몸으로 반긴다

고래 숨을 쉬듯 부활한 고택

대문 귀퉁이에 수줍게 자란
채송화의 환한 미소가
나의 오랜 묵은 때를 벗겨준다

안부 / 김미연

아버지를 일찍 여읜 탓에
남의 집 더부살이부터 안 해 본 일이 없다는 그녀

가난한 집 장남으로 태어난 아버지
글을 배운다는 건 사치
십 리 밖으로 나가보지도 못하고
부모님 섬기랴 처자식 돌보랴 세월 앞에 무너진 몸

급작스러운 임종 앞에 남긴 유언은
"유골 밥을 만들어 새들이 먹게 해다오.
새가 되어 생전에 가보지 못한 곳 다 가보고,
내 자식들 어찌 사는지 보고 싶구나"

정성스레 유골을 빚어서 뿌려주었다고
새 그림자만 봐도 아버지가 떠오른다며
울먹이는 그녀

나는 그녀에게
어머니를 만나 비익조가 되어 천하를 주유하고
지켜보고 있을 거라며 등을 토닥여 주었다

흙 이불 덮어쓰고 누워 계시는 아버지
잘 계시온지,

지는 해 / 김미연

어머니의 바라기였던 셋째 딸
엄마라서,
내 엄마라서
입 밖으로 나오는 말에 거름망을 치지 않았다

엄마에게 갈 때마다 늘어나는 잔소리
나이 들수록 옷도 깨끗이 입고
머리도 자주 감고
냄새 나니 하루에 한 번은 창문 열고
날짜 지난 음식 탈 나니 버려라
남은 반찬 뚜껑 덮고 냉장고에 넣어라

엄마의 가슴에 쌓이고 쌓인 찌꺼기
불쑥 터져 나온다

"엥가이 해라, 나는 서산에 지는 해다"

태양 같은 어머니는 어느새
지는 해였다

김선목

프로필

경기도 화성 출생 / 호는 海山
2015년 대한문학세계 시 부문 등단
(사)창작문학예술인협의회 회원
(전)대한문인협회 경기지회 지회장
(현)대한창작문예대학 지도교수
(현) 문학 어울림 감사

〈수상〉
2015년 순우리말 글짓기 전국 공모전 은상
한국문학 발전상 수상
2016년 한 줄 詩 짓기 전국 공모전 금상, 순우리말 글짓기 전국 공모전 금상
한국문화 예술인 금상
2017년 한 줄 詩 짓기 전국 공모전 은상, 순우리말 글짓기 전국 공모전 은상
2018년 짧은 詩 짓기 전국 공모전 금상, 순우리말 글짓기 전국 공모전 동상
2019년 짧은 詩 짓기 전국 공모전 동상, 순우리말 글짓기 전국 공모전 은상
한국문학 공로상
2021년 짧은 詩 짓기 전국 공모전 은상

〈시집〉
〈그대가 있어 행복합니다〉
〈명인명시 특선시인선〉 공저
〈문학 어울림〉 공저

〈가곡 작시〉
〈가을 사랑〉, 〈그대가 있어 행복 합니다〉, 〈그리운 어머니〉,
〈내 사랑아〉, 〈동행〉, 〈아련한 그리움〉, 〈하얀 면사포〉

갈망 / 김선목

두만강 거슬러 오르는
연어의 가을이 깊어가는 밤
임진강 넘나드는
기럭 기럭 소리는
온 겨레의 가슴앓이다.

옛날이여 / 김선목

눈보라 울음소리에 언 가슴을 열어주고
봄, 여름, 가을을 흐르고 흘러도
마르지 않는 내 맘의 옹달샘
벌거숭이 녀석들을 기다리는 샘터에
개구쟁이 그리움을 물수제비 뜬다.

풀잎 이슬에 발길 젖으며 어깨를 맞대고
가던 길 뒤돌아 마주 보던 벗들이
꿈길 따라, 삶의 길 찾아
옹달샘을 떠나던 그때는
외로움도, 그리움도 만남에 묻어야 했다.

어버이 사랑이 배인 시골집
텅 빈 빨랫줄에 널린 피붙이 생각은
처마 도리 제비집에 옴살거리고
와스스 쏟아지는 가랑잎 같은
어머니 그리움이 우물가를 에돈다.

벗이여! 푸나무서리 옛길은
기다림에 지친 거미줄에 걸려 외따로고
어버이의 그지없는 마음은
솔 내 가득한 집터서리 대추나무에
가없는 사랑으로 걸려있다.

임의 발소리 / 김선목

화려하게 외출한 단풍을 바라보니
아름다운 그 사람 만난 듯이
마음이 설렙니다.

낙엽이 날리는 바스락거림은
기다리는 발걸음 소리인가
옷깃을 여미게 합니다.

낙엽에 쌓인 소망을 밟노라니
그리움에 우는소리인가
애간장을 저미게 합니다.

빨간 낙엽에 덮인 사랑을 집어 들고
돌아보면 그림자뿐,
바람만 스쳐 갑니다.

김명배

프로필

수원 거주
작사가
(현) 문학 어울림 운영위원

알밤 같은 사랑 / 김명배

밤송이 벌리는 고사리 같은 예쁜 손

가시에 찔릴까봐
야무지게 주워 담네

토실토실 반짝이는 사랑스러운 예쁜 알밤
어떤 밤송이에 고운 사랑이 들어 있을까

모두가 사랑하네 익어서 사랑 받는 건 너밖에 없구나

이 몸도 그대처럼 익어 가고 싶다.

사랑은 소통 / 김명배

사랑은
소재를 불문하고 소통의 시작입니다

사랑은
기운을 소통해야 합니다

사랑은
진솔한 작은 소통입니다

사랑은
부드러운 소통이여야 합니다

사랑은
소통하며 함께하는 것입니다

사랑은
박수를 받는 것이 아니라 소통하며
박수를 쳐주는 것입니다

10월에는 ~ / 김명배

풍성한 계절 단풍으로 익어가는 산
가을 들녘을 바라보며 풍요로움을 느낀다

사랑을 속삭이는 귀뚜라미 울음소리
가을 국화는 맑은 샘물처럼 자연과 같다

가을 햇볕 시원한 바람과 사랑의 계절
해바라기처럼
계절 속으로 소풍 가리라

김인선

프로필

문학세대 시, 수필 부문 등단
제4회 문학세대 전국문학창작공모대회 경기도지사상 수상
자유문학세대예술인협회 부회장
(전) 문학 어울림 고문

〈공저〉
자유문학네대 색깔론 외 다수
현대시선 배란의 각
제8집 시몽시문학 동백꽃 외 6편
사람과 시 동인지

가속 페달에 대한 소고 / 김인선

그와 부딪힌 곳은 공원 오솔길
미행하듯 그의 동선을 따라가자 지그재그
잰걸음이 쉭, 쉭, 발을 날린다

중력이 부여된 시공간의 개념으로
그의 속도와 내 속도에 대한 함수를 계산하니
나보다 열다섯 배 이상 빠르다

축지법이 아닌 사즉생 걸음이 일상이었다니
그 거리를 내 걸음에 겹쳐 풀어보니
그의 나이, 아니 그의 춘추가 가히 900수
소름처럼 돋는 존경심에 함자*를 묻자,
멈칫 꽁무니 들고 신물 떨구며 가느다랗게
'성은 일이요 이름은 개미요'
철푸덕, 나는 흙바닥에 엎드려 절했다

허리띠 바짝 졸라매고 정신없이 페달 밟는
위대한
흙수저를 향해.

* 銜字

39

돝 / 김인선

별명이 슬퍼,
하늘 바라볼 수 없는 모가지가 슬퍼
축축한 그늘막에서 종일 꽥꽥거리다

지친 밤에 꿈을 꾸지
멋진 정원에 샛노란 꽃으로 피어나는
그런 뚱딴지같은 꿈을 꾸지
길들여진다는 것은 너의 만찬을 위한
눈물겨운 희생이지

멧을 잃은 털가죽에 박힌 털어낼 수 없는 분노
때마다, 먼 고향 산비탈에 핀
감자꽃더미를 콧부리로 헤치던 그날

산허리에 뭉실 솟던 뭉게구름이 그립지
별명이 슬퍼
배고프다 소리 지르며
오물 바닥에서 뒹구는 나를,
네가 '개돼지'라 손가락질하고
하늘 같은 너를, '배부른 돼지'라
추. 앙. 하듯

내가, 우리가
공허하게 부르는 것이.

* '돼지'의 방언

40

동문을 지나 천 년의 숲에서 / 김인선

⎽ temple stay
관세음보살 ⎽
고수들의 묵음이 가득하다

수행의 발굽으로 다져진 오솔길이 묵언한다
진리로 향하는 길
외길이다

스스로 터득했든 학습으로 터득했든
이 길만이 유일한 해탈의 코스이며
이 길밖에 길이 없다 한다

이 길에 들어서면 평온하고 아늑하며
천상 같다 한다
대웅전의 이정표를 보여준다
그리로 가라고
고송이 뿜는 숨결의 이미지가 한결같다

세뇌한다
도저히 그 길로는 갈 수 없는
나에게,
우리에게.
나무아미타불 ⎽

김인수

프로필

(사)창작문학예술인협의회 회원
대한문인협회 정회원
대한문인협회 경기지회 정회원
안산 한국문인협회 정회원
대한문학세계 신인문학상 수상
문학 어울림 정회원
글벗 문학회 정회원
청일문학문인협회 정회원
안산시낭송협회 부회장
전국 공모전 및 백일장 다수 입상
안산 "편지" 카페지기
(현) 문학 어울림 정회원

별들이 숨어버린 까닭은 / 김인수

가을이 먼발치에서
숨 쉬며 한 걸음씩 다가와
내 마음을 두드린다

반짝이던 별들은
하나, 둘 불 밝히고
영롱한 빛으로 내 가슴에
내려앉는다

그 별 하나
가슴으로 품어볼 때
또 다른 별 하나 보이지 않는 건
어느 누가 훔쳐 갔나 보다

이제 알았다
수많은 별이 새벽이 되면
내 눈에 보이지 않는 것은
내가 다 가졌다고 느끼고 있을 때
저 별들은 누군가에게
사랑과
고독과
슬픔을 주며 사라진다는 것을

다만
내가 슬프고 고독하고
외로워하며 별을 헤아렸을 뿐이다

깊어가는 밤하늘
올려다보니
오늘도 별 하나 보이질 않는구나!

시월의 길목에서 / 김인수

따사로웠던 햇살은
가을바람에 식어버려
오간 데 없고
잎새마저 붉은 태양에
타버려 빨갛게 물들었구나

흔들리는 나뭇가지
가는 세월에 몸부림치다가
마른 잎은 허공에서 흩어지네

서걱거리는 길섶에는
시월의 바람이 너울대다가
갈대밭을 휘저으며
가을을 색칠하는데

숨어 우는 새 한 마리
푸드덕 소스라쳐 비상한다

좁다란 숲길 사이
진통 끝에 홀씨 되어 버린 민들레는
바람 따라 흩어지고

시월의 길목에서
손 내밀어 잡아보니

가을 향기만 한 움큼 쥐어져 있구나!

억새 풀숲에서 길을 잃다 / 김인수

인적 드문 억새 풀숲에는
애처롭게 울부짖는 소리가 들렸습니다.

앙상하게 말라버린 풀숲에는
윤슬 자국만 얼룩져 있었습니다.

길섶에는 서걱거리는
들풀들의 울음소리만 들렸습니다.

지난 여름날 풀벌레 노래하고
메뚜기 뛰어놀던 숲에는
소슬바람에 파르르 몸서리치고

갈바람에 엉키고 설키어
석양빛에 은빛 물들이며
가을을 보내고 있었습니다.

그 길섶에서
나 또한 가을을 보내고 있었습니다.

김진주

프로필

2019년 대한문학세계 시 부문 등단
(사)창작문학예술인협의회 회원
대한문인협회 서울지회 정회원
2020년 대한창작문예대학 10기 졸업
(사)공감문학 정회원, 청암문학 서울지회 사무차장
한국문학비평가협회 사무차장, 담쟁이문학 운영이사
한국문인협회(강북문협)정회원, 서울 시인협회 정회원
공화문 시낭송작가회 정회원, 현대시선 정회원
(현) 문학 어울림 정회원
〈수상〉
2020년 대한창작문예대학 10기 졸업작품 동상
2019 (사)공감문학 자유시 공모전 우수본상
2020년 해피트리여울문학 여울문학상 시 부문 우수상
2021년 해피트리여울문학 여울문학상 시 부문 최우수상

〈저서〉 시집 "진주앓이"
〈공저〉
2020년 서울지회 동인문집 "들꽃처럼" 4집
2020년 대한창작문예대학 졸업 작품집 "가자 시 가꾸러"
2019년, 2020년 공감문학 계간지
2019년, 2021년 가슴 울리는 문학 동인문집 "가울문" 1,2집
2020 청암문학 봄 계간지 참여(공저)
2020 한국문학비평가협회 사화동인지
2020년, 2021년 담쟁이문학사화동인집
2020년 서울 시인협회 올해의 좋은 시 수상
서울 시인협회 48인자선시집 출간
서울 시인협회 동인문집 시인은 시를 쓴다
2019년 공화문 시낭송작가회 사화문집

기다리는 마음 / 김진주

꽃살문에 아침을 여는 미소
창 두드림 소리 당신이었을까
설렘으로 다가와 여울지는
곰비임비 님비곰비
긴긴밤 부엉새 애타게
울어 지친 소리 못다 한 사랑
꽃살문에 날 빛 드니
앙가슴 부여잡고 사위어 갑니다.

갯벌 그리고 갈매기 / 김진주

뚜벅뚜벅

신비롭게 수묵화 그려놓았다 황량하고 아름다운 바닷가

그리움은 저편에 머물고

외로움에 떨고 있는 짝 잃은 갈매기

목 노아 엄마를 부른다

때가 되면 하늘은 엄마가 되고

바다는 차올라 사랑이 되고 윤슬을 선물한다

갈매기는 다시 날아오르고.

가을 그리고 이별 / 김진주

어느새 소슬바람

심장까지 새어들어

마음을 해 짚어 놓는다

시린 가슴은 갈바람 유희에

노예가 되고 도둑맞은 마음

눈시울 적시며 애간장 태우네

한 줄 두 줄 타는 바람 소리는

구성진 가야금 소리 같고

한 잎 두 잎 떨어지는 낙엽 소리는

구슬프게 흐느끼는 아쟁 소리 같아라!

김태백

프로필

제주도 서귀포 출생
제주도 제주시 거주
제주도 남제주군청 근무
(전) 제주대학교 행정대학원 14기 졸업
백두산 문학 시인문학상 수상
(사)창작문학예술인협의회 회원
대한문인협회 제주지회 정회원
(현)문학 어울림 부회장

앞만 보고 / 김태백

난 지금껏 앞만 보고
여기까지 걸어왔습니다
좌우로 치우치지 않고
오직 앞만 보고 걸었습니다

뒤돌아보지도
후회도 하지 않고
이 길이 내가 가는 길이라
생각하고 앞만 보고 여기까지 왔습니다

비가 오나 눈이 오나 우산도 없이
하늘은 내 아버지라 믿고
삶의 지혜를 깨우치며
앞만 보고 걸었습니다

봄이 오고 여름이 와도
무거운 짐 하늘에 다 내려놓고
여기까지 왔습니다
가을이 오면 단풍놀이에
겨울이 오면 겨울 수채화
그림 그리며
앞만 보고 걸었습니다,

내 마음 별 / 김태백

피아노 연주 소리 메아리치는
동구 밖 밤하늘
내 마음 별 밝은 빛 보석 되어
은하수 저 멀리 반짝이는 것이
그대를 만나고 나서
축복임을 깨달았습니다

하얀 뭉게구름 더 덩실 더 덩실
아름다운 조각 작품 만드는 것도
그대를 사랑하면서
우리 행복 아라는 걸
어제야 알게 되었습니다

가로등 불 환희처럼 빛나는 밤
개울에 들려오는 귀뚜라미 울음소리
아름다운 것을 그대를 만나면서
처음으로 느껴보는 사랑인걸
이제야 깨달았습니다

밤의 소야곡(2) / 김태백

소야곡 노랫소리 흐르는
아름다운 밤
그대의 예쁜 얼굴도
달빛에 젖어 운다
바닷가 철썩이는 파도 위에
달빛이 이렇게 아름다운
밤은 처음이다

내 마음 심금 울리는
소야곡 노랫소리 리듬 따라
흘러나오는 호숫가 떠 춤추는
보석별 저렇게 반짝이는 밤도
오늘 처음이다

너와 나의 사랑도 아름다운 풍경
달빛 속에 흐느끼며 떠 있는
백조의 날개처럼
아름다운 소야곡 밤도
오늘 처음이다

김혜연

프로필

대전 출생
대전 성모여고 졸업
우송대 졸업
2017년 한국문학인회 등단
동양일보 주최 시낭송대회 2017~2018년 입상
2019년 위대한 한국인 대상 수상
2019년 자랑스런 한국인 대상 수상
한국문학신협회 부회장
문학어울림 한문동 부회장
저서 '아카시아 꽃처럼'(2집)
'꽃잎이 전해온 편지' 시집 출간
'장미꽃 사랑' 시집 출간(2021)
2019 성모 그 언덕 50주년 모교 기념 책 참여
더불어민주당 전국구 대의원 (현재)
숙명여자대학교 스피치와 시낭송
숭실대학교 진행 강사
(전) 문학 어울림 운영위원

동백꽃 / 김혜연

그대 다시 돌아오신다기에
살얼음 속 발목 담그며 입 악물고
그대를 기다립니다
두 손 꽁꽁 얼었지만
내 마음은 아우라 내뿜으며
그대 기다립니다

그대 다시 돌아오길 오매불망
가슴속 간직한 채
붉은색으로 옷으로 치장하고
어서 오라 손짓하며
눈보라 빗속을 뚫고
비나리 주문을 외우며
그댈 기다립니다

먼 길에서 오신다기에
해품달 가슴에 품고
제일 먼저 꽃봉오리 터트리며
너무 뜨겁지도 차지도 않은
따뜻한 그대 아수라 속에서
한차례 홍역을 앓고 난 뒤
나 안달 나 이렇게 애타게
그댈 기다립니다.

구름처럼 흘러 가는 인생 / 김혜연

구름은 하염없이 머물러 주지 않고
잠시 왔다 떠나가는구나
누구나 인생의 태어날 선택권을
받지 않고 태어난다

내게 인생의 선택권을 신이 주신다면
난 거부할 것이다
저 하늘을 보라 햇빛이 쨍쨍하다
또 구름이 잠시 휴식을 취하다 간다
그러다 갑자기 비가 내린다

이제는 더 늦기 전에 인생을 즐기련다
인생은 한없이 기다려 주지
않고 도망만 가려 한다
걷지도 못하기 전에
움직일 수 있는 동안에
인생을 즐기련다

인생은 한없이 긴 구름처럼
마냥 한없이 기다려 줄 구름이라고
생각했던 내 머릿속을 지워버리고
잠시 휴식을 취하다 가는 구름인생이라면
나의 발자국 하나쯤은 남기고
가는 것 또한 후회되지 않은
삶이라 생각한다

몸이 허락하는 그 날까지
뜨겁게 사랑하고 사랑 주며
후회 않은 삶을 살으련다

인생이 마냥 유쾌하고 즐거운 것이라면
난 이 삶을 선택하지 않았을 것이다
인생이 고달프고 추하길래
이 고난의 길을 걷고 있는 것인지 모른다.

이 악물고 어떻게든 아등바등
발버둥치며 살아가는 인생
내 살아온 점 하나 찍고 지나가련다

자꾸 뒤돌아보지 말고
앞만 보며 내 인생의 종착지까지
열심히 달려가련다

가을 사랑 / 김혜연

가을엔 사랑을 하고 싶다.
울긋불긋 화려하게 화장하고
뜨거운 사랑을 만끽하며
즐기고 싶다.

아주 먼 데서 오신다 하여
추운 눈보라 가슴 태우고
오랫동안 호흡을 감추며
그대 기다렸습니다.

끝이 보이지 않은 드넓은
그대 품속으로 살포시 안기어
온 가슴이 빨갛게 불타도록
뜨겁게 뜨겁게
사랑을 하고 싶다.

갈바람은 나를 부풀고
부드럽게 만들며
내게 찾아오신 그대이기에
가슴에 품고서
이 따뜻한 가을 햇살 아래
활화산처럼 터진 마음처럼
또다시 사랑의 빅뱅으로
돌아가고만 싶다.

류향진

프로필

대한문학세계 시 부문 등단
(사)창작문학예술인협의회 회원
대한문인협회 정회원
대한문인협회 인천지회 정회원
문학어울림 회원
동인시집 텃밭 9호, 10호, 11호 공저
동인시집 문학어울림 2집 공저
(현) 문학 어울림 정회원

안개꽃 / 류향진

어디에서 시작되어
어디에서 멈출지 알 수 없는
하얀 그림자
안개인가, 꽃인가!

점점이 퍼지다가
꿈결인 듯 사라지는 안개처럼
내 마음에 담아두려고 하면
세상 어디에도 보이지 않는 그대

천천히 길어지다
한 순간에 사라지는 그림자처럼
내 손으로 잡아보려고 하면
한 자락 잡히지 않고 사라지는 모습이여

내 마음 어디에도
머물 수 없는 그대
내 마음에 햇살을 피워 두고 사라지는
그대는 안개꽃!

* 가곡

조용히 / 류향진

조금만 웃고 싶어요
너무 크게 웃으면
목젖이 보일 것 같아요

천천히 보고 싶어요
너무 빠리 보면
눈동자가 시릴 것 같아요

말하고 싶지 않아요
말하고 나면
이야기가 사라질 것 같아요

숨기고 싶지 않아요
숨기고 나면
사실이 사라질 것 같아요

완전하지 않을 거예요
완전하면
숨이 막힐지도 모르니까요

넘치지 않을 거예요
넘치고 나면
너무 부끄러울 것 같으니까요

* 가요

그림자의 춤 / 류향진

최선이란 것
한 때 그것은 열정이라는 이름으로
부족한 내게 언제나 넘쳐 흘러
나를 지켜가는 힘이었다

지치는지 모르게 하는 열정으로
들 떠 있던 시절엔
팽팽하게 튕겨지는 고무줄이
늘어진 고무줄보다 대단한 줄 알았다

늘어진 고무줄로도
삶은 이어지고
때때로 웃음 지을 수 있다는 것을
세월은 알고 있다

점점 흐려지는 나의 그림자
세상 속 흘러 다니는
숱하게 늘어진 그림자들과 포개어져
흔들흔들 춤추고 있다

박남숙

프로필

구미 거주
시인, 시낭송가
대한문학세계 시 부문 등단
(사)창작문학예술인협회 회원
대한문인협회 정회원
대한문인협회 대구경북지회 정회원
2018년 향토문학 작품경연대회 대상
2019년 순우리말 글짓기 은상
2021년 신춘문학상 은상
대한시낭송협회 정회원
(현) 문학 어울림 정회원

〈저서〉
시집 "그리운 것은 사랑이다"
〈공저〉
명인명시 특선시인선 (2019~20)

안부를 묻다 / 박남숙

조금만 조금만 아니
또 하나의 계절이 뒤태를 보일 때 쯤
오랜 기다림도 어제의 이야기가 되어 있을 거야
그렇게 우리는 스스로 다독여 왔습니다

밤새 뜬눈으로 지새운 달빛도
어둑새벽을 반갑게 맞이하면
서로에게 빛이 되고 사람 향기 품어내며
소통하는 날이 오리라 믿었습니다

하지만 노을이 지고 달빛 훑어보는
꽃이 피고 지고 또 다른 계절이 와도
인쇄기는 암울한 침묵만 찍어내고 있습니다

설렘으로 계절을 맞이하고
행복함으로 친구를 만날 수 있는
그런 공간이면 얼마나 아름다울까

그대가 내 곁에 머문 시간만은
안부를 묻지 않아도 되니까.

노을빛에 걸린 기억 / 박남숙

낯선 골목길에 드리운
그림자의 길이 만큼
우리는 예측 할 수 없는 살얼음판을
조심스레 발을 딛고 살아간다

다정하게 다가와 속살거리는
세월의 끈적한 공기를 마시며
잠재된 그 무엇을 더듬거리게 하는
포장된 노을빛에 거미줄을 걸쳐두고 있다

모세혈관을 파먹는 잡념들이
떨어지는 낙엽보다 더 붉게
그리움으로 채찍질하기에
사랑으로 머물렀던 꽃물로 샤워를 한다

누구도 대신 할 수 없는 공허함
별빛으로 떨어지는 삶
사슬에 묶여 헤어나오지 못하는
가시고기처럼 시간을 씹어 먹는다

또 한 계절 별빛이 떨어져 누운 어느 날에.

여름별 떠난 자리 / 박남숙

정점을 찍고 돌아서는 여름별
뜨겁게 스쳐 간 상흔들이
들녘 논두렁에 누워 허기진 마음 밭

감성의 붓끝에 멈춘 기억을 소환한다
아직은 음력 7월 매미의 노랫가락이
쟁반 위를 맴돌다 냇물에 발을 담그고
바람에 실려 온 가을향기에 손을 뻗어온다

계절이 먹어버린 여름은
어느새 긴 옷깃 여미게 만들고
언덕을 제집인 양 하늘거리는 살사리꽃
꽃에 걸린 잠자리 날개를 잠시 접는다

가을이 다소곳이 다가와
꽃잠 자던 붉은 꽃 등에 지고
우아한 꽃무릇 구월을 펼쳐 보며
그리운 임의 숨결 한 땀 한 땀 수놓아 간다.

박정기

프로필

아호 : 順貞
전남 순천 생
문학춘추 시 부문 등단
대한문학세계 시 부문 등단
해외문학상
대한문인협회 정회원
대한문인협회 광주전남지회 정회원
(현) 문학 어울림 정회원

저서 : 따뜻한 동행
공저 : 신춘문예 외 다수

내 마음에 풍경 / 박정기

하얀 서리꽃 핀 내 고향 산촌
밤새 문풍지 두드린
도둑 바람 달아나면
할아버지 헛기침에 새벽이 열린다.

포근한 햇살 마루 밑
복실이 콧등 입맞춤할 때
굴뚝 피어오른 연기
허공 저편 여우꼬리
감추듯 사라지고

앞마당 감나무
앙상한 가지 끝 까치밥
허기진 새 날아들어
조잘조잘 이른 식사를 한다.

햇살은 동구 밖 지나
서리꽃 밀어내고
울 밑 시들은 국화
따뜻한 새봄 그리워하듯
마음 둘 곳 없는 중년
메마른 가슴은
벌써 그곳으로 달려간다.

그리움에 서성이는 마음 / 박정기

칠월의 태양 지쳐가는 늦은 오후
동구 밖 느티나무 그늘 아래
늙은 아비 폐부를 파고든
한 모금 담배 연기
한을 토하듯 토해낸다.

석양으로 지는 노을 강물 위 붉은빛
한 폭 수채화 수를 놓고
무리 진 구름
바람 속삭임에 춤추며 흘러간다.

잡힐 듯 잡히지 않는
저 세월 속에
도회지로 길 떠난 자식
보고픈 그리움에
소식 기다린 맘
오늘도 노부부
동구 밖 서성이다
노을빛 등에 업고 터벅터벅
외로이 집 찾아 돌아선다.

넘어가는 길목에 서성이며 / 박정기

은빛 고운 억새 바람에 찍긴
초라한 모습 뒤로
휑한 겨울 찾아오면
떡갈잎 뒹구는 소리에
놀란 산새 줄행랑친다.

우거진 숲 계절 뒤로 숨고
앙상한 나목 사이 바람 휘몰아
가지 끝 잎새 하나
힘없이 떨어져
흔적 없이 살아질 때

내 풋풋한 젊음 불타던 청춘
쉼 없이 달려온
인생 1막 1장 마침표에
점 하나 찍고
수고했네 자축한다.

인생 2막
세월이 나를 여기까지 지고 왔으니
이제 내가 세월 지고 행복한
유랑에 나서리.

박정재

프로필

고려대학교 경제학과 58학번
대한문학세계 시 부문 등단
(사)창작문학예술인협의회 회원
2015.06.20. 대한문인협회 정회원
2020.07.30. 한국문인협회 회원
가곡작사가협회 정회원(이사)
(현) 문학 어울림 고문

그리움 그것은 / 박정재

함께 있지 않아서 커가는 것
그러다가 잠시 마실도 가고
나를 돌돌 말아 꼼짝 못 하게
가슴을 쥐어짜는 것이 그리움

그리움은 속앓이로 커가고
메마른 추억을 추켜세우고
그것도 부족하여 울컥하는
소리 없이 흐르는 눈물이 된다.

그리움은 희망이 없는 바람
그래서 더 짙어지는 향수로
가슴 깊숙이 숨겨 함께 하는
떼어낼 수 없는 삶의 흔적이다.

빛바랜 사진 한 장 / 박정재

밤낮없이 일만 하던 꿈 많던 젊음도
먼 옛날 추억 속으로 사라지고
빛바랜 사진 속에 보이지 않는 얼굴들이
이리도 많은 줄은 미처 몰랐네.

가슴 뭉클하는 그리움
무심했던 나의 지난날을 후회하는
무거운 울림으로 가슴 메게 하는 것을
쉽게 멈출 수 없네.

흘러가는 세월의 소용돌이 속에
젊은 날의 윤기 나는 여유를 묻어버리고
세월의 끝자락에 내몰리듯 쫓겨와서
사진을 보지만 내가 찾는 친구는 없네.

함께 놀던 보고 싶은 그리운 얼굴들
오늘도 그 옛날 추억 되살리며
만나지 못할 것을 뻔히 알면서 늦었지만
만나고 싶은 마음이 앞서네.

세월의 밀어 / 박정재

붉은 노을이 서쪽 하늘을 물들이면
남은 삶에서 또 하루가 줄어지고
눈에서 가물가물 멀어지는 들녘은
반짝이는 밤하늘의 별과 함께한다.

기다리는 사람 없는 쓸쓸한 집으로
말벗을 잃은 발걸음을 옮기면서
삶의 끝물의 외로움으로 달래며
남은 삶의 흔적을 가슴에 남긴다.

세월은 나의 귓전에 가만히 다가와
봄에 새싹으로 나와 자라는 풀숲이
여름철 지성으로 키운 열매를
가을철 모두 보내는 일을 속삭인다.

밤하늘에 반짝이는 수많은 별 중에서
머지않아 내와 함께할 별을 찾으면서
세월의 밀어를 곰곰이 생각하는
삶의 흔적을 짧은 글로 남기고 있다.

프로필

강원도 춘천 출생
1957년 12월 30일생
춘천여자고등학교 졸업(1974년 2월)
칼빈 신학교 졸업(1987년 2월)
미국 바인 대학교 교육학 석사(2019년 6월 20일)
현재 카자흐스탄 알마티에서 선교사로 재직(1997년이후~현재까지)
(현) 문학 어울림 정회원

새와 나 / 박춘숙

새는 날개가 있고
나는 꿈을 꾸고
새는 하늘을 날며
나는 인생을 가꾼다

새는 날개가 있기에 날고
내가 사는 이유는 꿈이 있기에
새는 날아가는 것이 천직이고
나는 꿈을 꾸는 것이 천직이다

새는 더 높이 날기 위해서
하루를 살고
나는 나의 알을 깨고 나오기 위해
오늘 몸부림친다.

뜰 안에 핀 꽃 / 박춘숙

나의 뜰 안에 핀 꽃
이름을 몰라도 그 자체로 청초하며
저마다 빛깔이 있고 향기가 있고
크기도 모습도 다르다

세월이 지나고 보면
세상에 사라지는 것은 아무것도 없고
존재의 모양은 바뀌겠지만 어디선가
또다시 영롱한 모습으로 피어나리라

꽃들의 이름을 찾아 하나씩 기억하며
이름을 알기 전엔 마냥 예쁜 꽃이지만,
이름을 불러주니 비로소
내 마음에 피어나는 꽃이 되었다

나의 뜰 안에 이렇게 행복한 별이
수 없이 반짝이고 있다는 걸
이제야 알았으니 오늘 밤, 꽃들의
노랫소리가 들려온다.

봄 시냇물 / 박춘숙

냇물 흐르고
푸른 하늘의 구름도
신나게 내리쳤던 소낙비구나

산 짐승 머물다 가는 작은 웅덩이
태초부터 존재했던 그 물은?
아무래도 좋다

새봄의 시냇물은
꽁꽁 얼어붙은 대지를 녹이는
흘러가는 봄에 부는 바람 소리

종알종알 수다를 떠는
산 새 울음 소리의
봄 시냇물은 흘러가고
푸르름과 향기로움은 향기뿐이다

시냇물이 흘러서
강으로 가면
달이 뜨는 강이 되어라
광야에서 달빛의 어우러진 봄밤에…,

배영순

프로필

종합문예지 월간(시세계), 계간(시세계)

등단지 등단년도: 2017년, 문학세계 9월호

약력 : 경주향교부설사회교육원

제16회 전국학생 백일장 및 서화대전 최우수상

제17회 전국학생 백일장 및 서화대전 대상수상

그대 빈자리 외 6곡 작사

막걸리도 한잔 작사 외 작곡

가을이 오면 가곡 작사

(현) 문학 어울림 정회원

들꽃의 향기 / 배영순

자연의 품 안에
향기를 뿜은 들꽃을 보았다

가꾸지 않았을 텐데
누가 꾸며놓은 것도 아닐 텐데
하늘하늘 바람이 어루만져
넘실대는 꽃물결
있는 듯 없는 듯

자연과 어우러진 들꽃향기
코끝을 자극하며
마음으로 스며든다

저 꽃을 꺾어야 할까
그 자리에 둘까
꺾고 나면 야
그 자리가 아플까 봐
그 꽃 빨리 시들어 버릴까 봐

가슴으로 스며드는 향기로만 채웠다.

할미꽃 / 배영순

어릴 적 철없이 꺾고 놀았던 꽃
양지바른 무덤가에
있는 듯 없는 듯 다소곳이 피어있던
지금에서야 느껴보는
보랏빛 슬픈 사연의 꽃

겨우 내 한 몸 뉘일 작은 땅 위에 핀
푸른 청춘 흙과 씨름하며
수많은 사연
가슴에 담아 홀로 삭히셨던
구부러진 허리에

백발의 노인 뒤돌아서서 눈물 훔치셨을
내 어머니도
황혼의 언덕길에 서서
영혼의 안식처
할미꽃 피울 그 자리를 찾는다.

바람의 향기 / 배영순

어둠을 밀어내고
새벽이슬처럼 내려앉아
메마른 가슴 적셔 놓았지

아침 햇살처럼
피어오르던 밝은 미소
떨리던 가슴을 녹였던
마음의 길 따라
부채질하던 꽃 바람
꽃잎이 질 때면
향기도 사라질까
두려움으로 지냈던 나날

별빛 되어 쏟아지는
그리움 헤아리다 지새운 밤
사랑은 그런 건가 봐
가슴으로 피우는 꽃이라
더 소중하고 아름다운 것인가 봐

백승운

프로필

현) 알에스오토메이션(주) 전략영업팀 이사 재직
2021년 지하철 승강장 안전문 게시용 시 공모전 당선
시와창작 2020년 문학상 및 2021년 특별 문학상 수상
제54회 한국문예작가회 한국문예 시 문학대상 수상
대한문인협회 2021년 3월 이달의 시인 선정
대한문인협회 2021년 신춘문학상 공모전 금상 수상
시와창작 2020년 문학상 및 2021년 특별 문학상 수상
대한문인협회 2020년, 2021년 명인명시 특선시인선 선정
한국국보문학 통권 139호, 통권 150호 참여
2019년 위대한 한국인 대상 수상
대한문인협회 2019년 올해의 시인상 수상
2019년 지하철 승강장 안전문 게시용 시 공모전 당선
한국문협 상주지부 제69회, 제70회 낙강시제 시선집 참여
태극기선양 문학회 운영이사
종합문예지 시와창작 사무국장, 홍보이사
한국문예 작가회 감사, 운영이사
(현) 문학 어울림 정회원

대한문인협회 서울지회 사무국장
2019년 대한문학세계 신인문학상 수상
2018년 좋은문학 창작예술인협회 시 부문 신인상 수상

가을 아침 / 백승운

꼬마 이슬이 조롱조롱
나뭇잎에서 엄마를 찾는
어린 노루 눈망울처럼

두려움에 반짝이는 아침은
고추잠자리 날개에 앉은
밤의 시간이
햇빛에 반짝이다
바람에 흔들리고

나뭇잎 살랑살랑
깔깔깔 웃는 나무 아래
눈 마주친 삽사리
폴짝 이는 반가움에
일어선 꽃들 몸단장하고
향기 뿌려대는데

새벽부터 기침한
할아버지 곰방대에서
담배 연기가 껌뻑껌뻑
빨갛게 일어서서
나가자고 조르고 있다.

노을 지다 / 백승운

너는 어찌하여 그곳에서
피를 토해내며 울고 있는지

너의 쏟아낸 눈물에
하늘도 울고 땅도 울고 바다도 젖는데

돌아보지 못한 채 온몸으로
안녕이라고 말하는 너의 모습

말라가는 입술로 바라만 보다
내 심장도 뜨겁게 타들어 가는데

나를 두고 바다에 쓰러져
기약 없이 바람처럼 가려 하느냐

너는 가물가물 어둠 속으로
긴 꼬리 잘라내고 숨어보지만

오늘도 너를 보낼 수 없어
가슴 조이다 철퍼덕 눈이 멀어 버렸다.

석류 / 백승운

여름이 볼에다
발갛게 키스를 하고
속삭이며 수줍음 두고 떠난 밤

돌아앉아서 입술 잡고
행복함에 살찌우고
향기 차곡차곡 쟁겨
연지곤지 빨갛게 찍고

어린 동생 남겨두고
시집가는 누나 미안함이 휘청
수줍던 설레임

외로움의 눈물 처마 밑에서
배웅하며 쏟아지는데
긴 그리움의 심장만

빨갛게 익어 깨어지고
가을도 온통 실금이 가서 달콤살콤
은은한 향기의 진신사리
알알이 떨어지며
행복하라는 축원의 등불 빨갛다.

서대범

프로필

대한문학세계 시 부문 등단
(사)창작문학예술인협의회 회원
대한문인협회 정회원
(현) 문학 어울림 정회원
공저) 어울림 동인지 외 다수

기도 / 서대범

점점 예쁘게 보이는 세상
눈물도 한두 방울
안타까움에 맺히는 세월
아귀다툼으로 살아온 세상이
이젠 하나둘 익어가나보다

들 풀 한 포기도 의미를 두며
흔적 없는 허공에 말을 걸고
깊은 심연에 나를 던져보았다

잘 참았구나. 잘 견디었구나
훌륭히 살았어. 칭찬도 한다

마지막이라 생각하고
흔적을 남기려
새롭게 마주한 일

또 그분께 감사한다
평생 보지 못했지만
존재로 남은 主
바람을 가득 담은 기도가

모두에게 행복을
선물했으면 좋겠다.

찬란했던 코로나 / 서대범

섬광이 지나간 후
눈앞이 캄캄해졌습니다
머릿속이 하얗게
비워졌습니다

님은 떠났습니다

달빛에 번득이는
사무라이 칼날이 모가지가 긴
사슴의 목을 겨누워
당치않은? 선을 그으며
팔랑이며 떨어집니다

무사(武事)는
코로나의 찬란한
빛을 얻으려 합니다.

님이여! 나에겐 전부였는데
모가지가 길어 가누지 못한
부조화(不造化)의 숙명(宿命)

오서소
다시 백마를 타고 오실
선인(禪人)이여!

복권방 앞 / 서대범

한 장 사볼까?

복권방 앞 작은 점포의 눈

몇 명이나 다녀가려나?
전광판에 흐르는 당첨금은
생전 글씨로만 보는
100억대, 시간 단위로
몇억씩 늘어난다

토요일은 어두운 하루

승부를 건 수많은 군상, 표정
웃는 사람은 별로 없다
백억 대의 깊고 깊은
세지 못할 희망과 시름이다

천국의 표처럼
몇 장의 아귀다툼
보이지 않는 승부이다.

승자가 나오려나?

살까 말까 망설이다
난 시름에 안 빠지기로 했다
까맣게 멍들어 가는
내 상품의 희망으로

손경훈

프로필

월간 한맥 시부문 신인상

텃밭문학회 회장
한국문인협회회원,곡성지부회원
대한영상문인협회펜클럽회장
한맥문학동인회 부회장
(현) 문학 어울림 고문

가을 / 손경훈

고향을 찾는 길엔
반가움이 반겨주고
돌 하나, 나무 하나 왜 그리 정겨운가!

곳곳마다 박힌 얼굴
가슴으로 스며들어
못다 한 이야기를 다시 시작한다

황금물결 파도 타고
귀에 익은 소리 소리
발걸음 멈추고
냇가의 머루에 취해
몸도 맘도 물들었네.

가을 / 손경훈

가을 하늘은 깊은 바다
끝이 없는 그리운 이의 눈
오랜 경험을 쏟아도 채워지지 않는 심해

절실함으로,
간절함으로,
심장의 펄떡임이 멈추어 버리면
또 다른 나로 태어날 수 있을까?

나의 눈물로 바다를 만들고
지워도 채워지는 끝없는 샘물
오늘도 솟아오르는 우물을 막는다.

소망 / 손경훈

가을은 씨앗
분주한 하루하루

작은 마당
감나무 한 그루 심어 놓고
봄을 부르며
물을 주는 너를 그리며

감나무에게 물었네
나는 누구냐고……
나를 잊고
너를 만들기 위한 간절함이
작은 오두막 지어 놓고
행복을 가둔다.

송명복

프로필

성균관대학교 무역학과 박사과정 수료
전 주성/김천, 영동대, 숙명여대등 강사
한양문인회 시 부문 등단
계간 문학 시선: 수필 부문 등단
한국문학 다향문학상(2019),
대한시문학 문학상(2021)수상 등 다수
한국문인협회 회원,
글벗 문학회 회원, 계간
문학시선 작가협회 정회원
(현) 문학 어울림 정회원

개인 시집 "내 마음의 오아시스(가온출판사)"
"초록빛 눈맞춤"(가온출판사)

6월 풀빛 소리 / 송명복

거친 땅에
뿌리 두고 바람 흐를 때
뺨 비비는 풀 한 송이 가라사대
반딧불 스쳐 가듯
드문드문 솟아오른 초록 풀잎
매질하는 훈풍 돌아보는 맘인데
호수같이 맑은
하늘 비쳐오는 세상이라
하건만...,

유월 쏟아지는
햇살 아래 흐느적거리는 삶이라며
망울망울 맺힌 이슬일랑 흘려
보내시게 하더이다

나 참 !
왜 자꾸 나만 갖고 그래~

빈 찻잔 남기며 / 송명복

야릇한 밤을 불태우는
어둠 속 춤사위 힘겨워지는
늙음에도 찬란한 쇼윈도 오르가슴
끓어오르는 꽃봉오리 추억이 있었다

젊음이여 자랑 마라
그대는 녹슨 심장도 뜨거운
붉은 피가 용솟음치는 것을 아는가

인생은 한 모금 목축임으로
갈증 지우고 빈 찻잔 남기면서
비포장도로 위로 홀연히 사라지는
흔적인 것을

천치와 같이 헤픈 웃음으로
중얼거리는 사월 미소 어리석음에
성숙이란 그윽함이 진한 밑줄 긋는다

96

관악산 연주대에서 / 송명복

석양 속에 산 노을로 물들이던
임의 영혼 어디로 스며든 건가

여라(女蘿)의 덩굴 속에 비쳤던
달빛마저 총총하긴 여전하건만
무엇을 세우고 지키려 했던가

아득히 먼 세월 속에 희미한
자취는 옛이야기 되고
연민(憐憫)의 시선(視線) 속에
치솟은 절벽 위 암자만이
옛 그림자 이거 늘

하나의 왕조(王朝) 오고 감이니
충심(忠心) 머물러 그리움으로
먼 곳 향해 바라보던 곳
그 옛날 솟구치던 갈망이었나

한 줄기 바람 이마 밑 스쳐 간다

신동호

프로필

경북 풍기 출생
(현) 문학 어울림 정회원

〈저서〉
1. 어제 오늘 내일
2. 길을 따라 길을 걷네
3. 시간속으로

가을동화 / 신동호

사랑방 화롯불에
톡 톡 터지는 군밤 향기에
코흘리개 손자들은 잠 못 이루고

귀뚜라미 우는 가을밤에
디딜방아 절구 찧는 소리에
밤나무 가지마다 알밤은 떨어지고

달빛 그늘 멍석 위에
맷돌 돌아가는 소리
자명종 시계 소리에 멈추네

툇마루 손자들 채찍에
팽이 울음소리 들려오면
세끼 염소 뿔을 들이대며 밀쳐보네

동구 밖 널뛰는 아가씨
기러기 떼 날아가고 봄날이 오면
꽃가마 타고 시집가려나

추수 / 신동호

봄은 푸른 초목을 펼쳐 놓고
한여름을 맞이하네

늘어진 여름 날씨에 눌려
초목마다 잎은 처져 있고

늦은 밤 방구석을 맴돌던
후덥덥한 불볕더위도

코스모스 언덕길을 넘지 못하고
더위가 머물고 간 들녘 자리엔

내 욕심보다 땅이 주고 간
풍요로운 황금빛 물결만 깔려 있네

익어가는 들녘마다 춤을 추는 허수아비
늘어진 가지마다 낟알 떨어지는 소리

모든 사람들에게 단풍잎처럼 아름답게
욕심 없는 마음으로 담아가게 하소서

불자의 마음 / 신동호

민둥산 갈대 억새 숲은
은빛 물결 위에 바람을 싣고

마른 잎새는 서걱대며
가을을 아쉬워하네

태양은 나뭇잎 속으로 스며들며
오색 빛깔을 수놓아

불자의 마음과 눈빛이
단풍잎 속으로 잠길 때

고즈넉한 산사에 목탁 소리는
불자의 마음을 쓸어내리네

심경숙

프로필

대한문학세계 시 부문 등단
(사)창작문학예술인협의회 회원
대한문인협회 정회원
대한문인협회 강원지회 정회원
(현) 문학 어울림 정회원
시를 뿌리다 정회원
공저)문학 어울림 외 다수

보름달 얼굴 / 심경숙

끝이 안 보이는 하늘 도화지에
무슨 그림을 그릴까

오늘은 파란색 하늘에 흰 구름 한 점
내일은 회색에 검은 구름 한 점
때로는 울상이던 내 검은색
속내를 소낙비로 그려 낼까

수시로 바뀌는 하늘의 색깔
삶의 색깔에 따라 말갛게 맑다가도
우중충한 잿빛 하늘

하늘과 지구와 허공이
나를 흔들어 놓았던
내 속의 삶 옹이와 상처 다 토해 내 버리고
말갛게 얼굴 내민 하늘
구름이 되고 해와 달이 되고
하얀 도화지에 뽀얀 얼굴을 그린다

시를 그린다
하늘에서 구름 속에서
나와 닮은 엄마 얼굴
보름달로 떠오른다

뉘시오 / 심경숙

여든여섯 살 노치원생 우리 엄마
처음 본 사람처럼 멀뚱한 시선
밤새 지린 속옷 방 안 가득 널어놓고
잠 잤는지 밥을 먹었는지
기억 저편, 생각의 저편
하얗게 물든 머리카락 수 만큼
헝클어진 시간을 쓰다듬는다
봄날 양지꽃같이
사랑스럽게 살아계신 우리 엄마
세월 거꾸로 매달고 간다
노란 버스를 타고 노치원을 다닌다
거무스름한 검버섯 얼룩 너머로
시린 가슴 하늘가에 가물거리는
여섯 살 아가가 된 우리 엄마,
뉘시오? 그 말에 가슴이 까맣게 탄다.

[서울 지하철 시민공모작] 2020년

시의 집 / 심경숙

춘천 서면 문학공원에는
시(詩)의 집들이 산다

돌집마다 새겨 넣은 이름
나무 판잣집도 문패 달고
옹기종기 모여 사는 집
조팝나무 제비꽃 민들레 명자꽃,
물안개도 시인이 된다

강언덕을 찾아온 달님도
시를 낭독하고 돌아간다

은빛 페달 밟고 가는 산책자
강물을 낚는 강태공도 시인
시의 향기 취하여 물안개 핀다

은빛 물결 일렁이듯,
시 읽는 소리 방울방울
방울 소리를 내며
텅 빈 가슴에 스며드는
시의 물방울
환한 봄내 길이 된다.

안용기

프로필

대한문학세계 시 부문 등단
(사)창작문학예술인협의회 회원
대한문인협회 정회원
대한문인협회 서울지회 정회원
(현) 문학 어울림 정회원

가훈(찻사발) / 안용기

그대의 거칠어 보이는 손금에서
흙을 다듬어 그대를 빚어내신 도공님들
손가락 마디마디 묻어나는
삶의 예술혼을 볼 수가 있었답니다.

그대의 꾸밈없는 얼굴에서
선조님들 천년의 삶 굽이치는
주름살을 볼 수가 있었답니다.

그대가 담아내는 수더분한 탁배기 한잔에서
민초들의 애환을 달래주는
그대의 마음 씀씀이를 가늠할 수가 있었답니다.
그대의 소박한 모습에선 노동의 배고픔을 채워주는
신성한 보리밥 한그릇을 볼 수가 있었답니다.

그대가 정성으로 달여 내는 풋내 나는 감로차 한잔에서
산사 스님 중생 구제의 잔잔한 염불 소리를
들을 수 있었답니다.
담기는 대로 품어내는 그대의 푸근한 가슴에선
삶에 지친 저들의 영혼을 푸근하게 보듬어 주는
여유를 보았답니다.

그대에게 안겨 오는 속세의 영혼들을
말없이 담아내는 모습에서
우리를 품어 주신 부모님의
아름다운 사랑을 읽을 수가 있었답니다.
그리하여 저희는 천년을 이어갈
그대의 꾸밈없고 소박한 아름다움을
우리 가문의 가훈으로 모실까 합니다.

미완성 조각작품(인생) / 안용기

한평생 한 작품만 유일하게 다듬는 조각가가 있다.
햇살 따스한 봄날에는
햇볕이라는 보드라운 조각도로
꿀향기 가득한 꽃송이로 다듬어 피워 내 보고,
뜨거운 폭염 속 한여름 날엔
폭풍우란 조각도로 무성하게 자라나는
잔가지를 사정없이 후려쳐 잘라내어도 본다.

깊어 가는 가을날엔 화려하게 차려입은 단풍물 깊게 든 옷들
실오라기 한 줄 남김도 없이 홀가분하게 벗어 내어도 본다.
뼛속까지 아려 오는 차디찬 동지섣달 한겨울 동장군 앞에서는
오장육부까지 비워 내며 나라는 물건을 버려도 보건만,
일생! 숟가락 내려놓아야 할 때 다 되어 간다고
황혼을 버얼겋게 물들이며 촌각마저 쪼개고 또 쪼개며
느리고 게으른 나라는 한 작품 미완성 조각가에게
남은 시간 아끼라며
경종을 울리고 또 울려 주건만

일생! 나라는 작품하나 제대로 못 다듬어 내고
결국은 나라는 미완성 작품마저 완전하게 버려 버리는 것으로
정해지지 않은 정할 수도 없는 방향 없는 인생 작품
미완성 인생이란 조각작품 미련 없이 버려두고
홀연히 길 떠나는 나그네가 된다.

자유 / 안용기

맴 맴 맴 메에엠~~~

햇살 한번 들지 않는 어둡고 습한 땅속에서

그렇게도 길고 긴 동안거 인내의 세월을
살아 내어 온 세상의 소리 매미야

그 따갑고 뜨거운
꼭대기의 꼭대기까지 오르고 올라
바람, 그리고 구름만이 함께 하는 그곳
그 어느 누구도 오를 수 없는
세상의 끝 꼭대기까지 올라

세상의 진리를 소리치기 위해
그렇게 외롭고도 길고 기이인 인고의 세월 동안
암울한 세월을 득도하는 동안거의 세월로 살아 내었느냐?

폐부가 터지고 찢겨져 나가도록 목청이 터질때까지!
외치고 또 외쳐 버려라!

너의 그 간절함을
그 어느 누구도 탓할 수도 없다.
말릴 수도 없다!
마음껏 외치고 부르짖어라!

맴 맴 맴 메에엠!

오남일

프로필

강원도 정선 출생
2021년 대한문학세계 시 부문 등단
(사)창작문학예술인협의회 회원
대한문인협회 정회원
대한문인협회 경남지회 정회원
(현)문학 어울림 정회원

벚꽃 길을 걷다 / 오남일

그리움이 가슴에 사무쳐
맘이 아리고 눈물이 났다

심장이 뛸수록 멍이드는 그리움만
분홍빛 꽃비로 떨어지고

하얀 그리움 소복이 쌓이지 못해
비 바람에 흐날니더니

내 맘도 하염없이 흩어 놓아
뺨을 타고 꽃비만 내린다

속초 바닷가 / 오남일

오후 햇살에
들쉼을 쉬던 하루가

바다내음 머금은
벚꽃을 흐날리고

꾸우욱 쪽빛 바다를
가슴에 찍어 놓아

뜻없이 울컥
눈물이 났다

장미에게 / 오남일

간절하지 마라
뜬눈으로 잠을 못자고
애끓는 마음이
다 녹아 문드러져도
간절함은 이루어지지 않는다

진실은
늘 현실에서 왜곡이 되고
오직 그대 가슴에만 있으니
소리도 못 내고 눈물만 흐를 것이다

그대 맘속에
사모하는 맘으로 잠을 못 이루어도....,
아픔을 동반하는 것이어서,
슬픔을 동반하는 것이어서
사랑하지 마라

오수경

프로필

대한문학세계 시 부문 등단
(사)창작문학예술인협의회 회원
대한문인협회 정회원
문학어울림협회 정회원
텃밭문학협회 정회원
한국가곡작사가협회 정회원
(작시)우리의 무등산이여 외 50여곡

사랑하고 또 사랑하라 / 오수경

감정이 고갈되어 의미가 없어질 때까지 사랑하라
상대가 미워지고 동정이 생길 때까지 사랑하라
모든 이가 그 사람을 비난해도 끝까지 사랑하라
수많은 별 중에 그중에 그대와 나 우연이 아니다

스치기만 해도 인연이라 하지 않았는가
너는 내게 나는 너에게 무슨 의미로 이렇게
소중한 시간을 공유하며 특별한 존재가 되었을까
모든 것을 부정하며 악연이라고 하지 마라
사랑이 넘쳐 마음의 그릇에서 흘러 내림이니
그 미움과 원망마저도 사랑하고 사랑하라

한때는 서로에게 특별한 존재였기에
사랑이 식었다 변질되었다 논하지 마라
서로에게 상처와 고통을 주었어도
그 상처와 그 고통마저도 사랑하고 또 사랑하라

설령 그 사람이 떠났다 해도 미워하지 마라
또한 증오하지 마라 그럴수록
자신에게 더 큰 고통과 슬픔을 안기리니

모든 것을 초월하는 사랑은
나를 더 큰 사랑으로 인도하리라

플라토닉 러브(Platonic Love) / 오수경

청초하고 영롱한 꿈을 간직한 시절
말없이 나 앞에 나타난 믿음직한 그대
숨 쉴 수도 없는 가슴앓이를 하면서도
서로에게 차갑기만 했던 애송이 철학자들

그대 모습 한 번이라도 더 보고 싶어
그대 영혼과 하나 되고 싶어 애절했던 순간들

맑디맑은 가을하늘처럼 빛났던 푸른 영혼
서로에게 배려하고 존중해서 안타까웠던 순간들

수많은 시간 일기장을 눈물로 적셔야 했던
나의 사랑 그대는 나의 가슴을 환히 밝히는
영원히 사라지지 않는 별이여 별이여

시는 내 마음의 노래 / 오수경

시는 글이나 언어가 아닌
시는 절절한 마음의 노래이다
칠레의 민중시인 파블로 네루다는
시는 길거리에서 자기를 부르는 소리라고 했다

제각기 다른 삶의 고통과 인내
모두가 누려야 할 인생의 환희와 행복
비껴갈 수 없는 사랑의 아픔과 이별
혼자 싸워야 하는 고독과 슬픔 속에서도
가족 이웃 나라를 위해 꿈을 실현해 가는
나만의 노래들이다

슬픈 노래 아픈 노래도
사랑하고 또 사랑하고
아름답게 불러 줘야 한다

나의 추억과 사랑이 녹아있는
나의 소중한 삶의 노래이기에

유영서

프로필

인천 거주
대한문학세계 시 부문 등단
(사)창작문학예술인협의회 회원
대한문인협회 인천지회 정회원
인천시 남동문학회 회원
문학 어울림 회원

〈수상〉
2019년 대한문인협회 인천지회 향토문학상 경연대회 은상
2019년 한국문학 향토 문학상 수상
2020년 짧은 시 짓기 전국 공모전 동상
2021년 짧은 시 짓기 전국 공모전 대상

〈저서〉
1시집 "탐하다 시를"
2시집 "지우는 마음도 푸른 물든다"

〈공저〉
2020 유화로 보는 명인 명시선
박영애 시 낭송 모음 8집 "시 마음으로 읽다"
박영애 시낭송 9집 "명시 언어로 남다"
대한문인협회 인천지회 동인문집 "글 꽃 바람"

겨울 산 / 유영서

너 기다리고 있으니
내가 간다

언제나 반기며 말이 없는 산
꽃 피고
잎 무성할 때 엊그제인데

바람만 기웃거리는 벌거벗은 산
오르며 쉼하다
함께 따라 해본다

겸손하게
속세의 두꺼운 옷 벗어 던지며
가끔은 내가
너처럼 홀가분해 지려 한다

우뚝 서 있어도
뽐내지 않고 겨울엔 늘
옷 벗는 산.

새벽 찬가 / 유영서

새벽의 고요가 풍금을 친다

풀잎에 내린 천상의 이슬이
또르르 굴러
맑은 음자리표로 자리를 잡는다
도레미
도레미
나무며 꽃 풀들이
일제히 일어나 화음을 맞추고
빈 마음
풍금 소리 들으며
하루를 열고
무지갯빛 꿈을 꾼다.

지우는 마음도 푸른 물든다 / 유영서

자고 나면
푸르러지는 것들 본다
깔끔하게 단장한 나무들
푸른 정장이 때깔 나게 멋스럽다

가는 사월 뜨락에
영산홍 붉은 심장
뜨겁게 유혹한다

나도 한때는 그랬으리라
스무 살 청춘 그립다

살아온 세월 어루만지며
지우는 마음에
푸른 물 다시 들까

너희도 세월 가면
푸른 잎 붉게 물든다는데

남은 세월
푸르게 물들다가 붉게 물들어
조용히 떠나고 싶다.

유종천

프로필

대한문학세계 시 부문 등단
(사)창작문학예술인협의회 회원
대한문인협회 정회원
대한문인협회 경기지회 정회원
문학 어울림 정회원

인생꽃 / 유종천

세상에 핀 꽃이 아름다워
한 송이 꺾어 품 안에 두고자 하였더니
이내 시들어 버리더이다.

시들어 버린 꽃잎이 애처로워
밤새 울며 지냈더니
마음에 꽃이 피더이다.

마음꽃에 소망을 품고
험난한 세월을 보냈더니
어느새 하얀 백발이 되더이다.

머리에 하얀 꽃을 이고
마음꽃을 바라보니
한 송이 흰 백합화이더이다.

저녁이 되고 아침이 되니
꿈결과 같던 세월에
무지개가 피더이다.

끝이 있는 길 / 유종천

춘풍은 추풍 되어 땅에 쏟아지고
삶의 고랑은 쌓인 낙엽 따라
깊어만 가는데
찬 서리 내린 머리밭에
겨울꽃이 아름답다.

여정의 고단함과
커피향에도 취할 만큼
지친 발걸음.

석양에 넘실대는 가을꽃 춤사위에
흐르는 눈물 소매에 적시고
빛 고운 산자락에
마음이라도 깔고 누워
떨어지는 낙엽에 싸여
쉬었다 갈거나...

마지막 편지 / 유종천

가을은 깊어만 간다.

그 푸르던 잎새에 어느덧 황혼빛이 물들고
갈바람 쓸쓸히 낙엽을 탄다.

단풍에 물든 여인의 눈동자엔
낙엽은 보이지 않고
막걸리 한 사발에 취해

하늘을 덮고 자는 저 나그네는
세상 시름을 덮고 자는구나.

사람이 살고
사람이 죽고
잎새는 피고
잎새는 지고
저만치 앞서 기다리는 겨울은
마지막 편지를 쓰라 한다.

이명희

프로필

아호 : 林陽
전남 목포 출생
대한문학세계 신인상 수상
한맥 문학 신인상 수상
대한문학협회 회원
대한창작문예대학 9기 졸업
(사)창작문학예술인협의회 회원
대한민국 한국문학 정회원
대한시문학협회 제주지부장
사진가로 활동중
문학어울림 운영위원

〈공저〉
문학 어울림 1집, 2집, 텃밭문학회 11호
대한시문학협회 시화집, 대한창작문예대학 제9기 졸업작품집 외 다수

〈수상〉
대한창작문예대학 졸업작품 경연대회 장려상
제주시 아름다운 사진 부분 수상
시화전
대전 목련꽃 축제, 제주 문화 쉼터 조성 기획전, 용눈이 오름 사진 다수
시화전 다수

시를 사랑하는 시인 / 이명희

비가 오면 보슬보슬 내리면
꽃잎의 영롱히 앉아서
누구를 기다리시나요
꽃잎 끝에 얼굴 데고
귀속 말로 소곤소곤 이야기합니다

오늘따라 은방울 갔다고
귀뚜라미 우는
초저녁에 소리 없이 내리는
빗소리에 가슴이 촉촉이 적십니다

오늘은 시를 보면서
꽃을 보면서 시 속에서
시어들이 나 잡아봐라
나를 자꾸만 유인합니다

시를 사랑하고
시 속에 내 사랑도
꼬깃꼬깃 접어서 색칠합니다

국화꽃 색깔처럼
빨간, 노란, 보라색 그 위에다
보슬비 입혀서 시를 노래합니다.

유리창을 노크하는 소리에 / 이명희

비도 외로운가 보다
우르르 흐느끼는 소리에
단잠을 깨우는 저 소리는
나하고 함께 하고 싶었나 보다

빗물 속에서 떠 오르는
그리움 얼굴은 헤일 수 없을
정도로 얼룩이 되어 유리창 너머로
그려지는 물의 꽃은 임에 작품인가

이 밤에 흐느끼는 저 소리는
임에 고통인가 내 사람의 영혼의
쓰라린 아픔일 것이다

나와 함께 하고 싶은 열망인가
밤새워 흔들어 대는 인기척인

그대의 갈망처럼 보이기에

가을바람이 나를 흔들리는 것은
그리워서 너무 보고 싶어서
흘러내리는 빗물은
아픔과 외로움에 지친 영혼의
긴긴밤의 우는 소리인가

바람도 외로워서 나 혼자서
재울 수 없어서 저렇게 노크하나 보다.

창가 서서 / 이명희

똑똑 빗소리가 나길래
창가에 서서 처마 밑에서 낙숫물
떨어지는 조용히 바라봅니다

아아!
감미롭게 들립니다
시처럼 느껴집니다
고운 음색이 멀리 퍼집니다

누가 만들었을까요?
우리 하나님이 저리도 고운
맑은 보석을 만들었습니다

풀잎 끝에 아슬아슬 달려
있는 은구슬이 그림 갔습니다

신은 위대합니다
아버지 최고이십니다

보노라면 흥미진진하고
오늘은 새들에 노랫소리가
들리지 않고 어디에서
애들의 노랫소리를 듣고 싶어요.

이상노

프로필

충남 당진 거주
대한문학세계 시 부문 등단
(사)창작문학예술인협의회 회원
대한문인협회 정회원
문학 어울림 회원

〈공저〉
2021 명인명시 특선시인선
명시 언어로 남다 (박영애 시낭송 모음 9집)

해님 같은 내님아 / 이상노

여명 뒤에 숨어서 한 발짝 한 발짝 걸어오는
해님처럼 어여쁜 내님이여!

여명 뒤에서 부푼 꿈을 안고
빨갛게 부끄러이 다가오는
해님처럼 고운 내님이여!
내민 내 손 잡으시어 함께 가시여요

가다 보면 거센 구름도
거센 비바람도 만날 것이니
함께 만져보고 느껴도 보아요

그때 흘리는 님의 눈물은 비가 되어
서러 이 허공을 맴돌다가 끝내는
내 가슴에 켜켜이 고이겠지요
님아~ 님아~

우리 잡은 손 놓지 말고
환한 미소지으며 붉게 물든 노을 앞으로
한 발짝 한 발짝 걸어가요

님아~ 님아~ 사랑하는 내 님이시여...

처가에 가면 / 이상노

산모퉁이 돌아 언덕 올라서면
산바람에 풀벌레 사랑 속삭이고
한들한들 나뭇가지 위 산새들
청량한 사랑 노랫소리 정겹게 다가온다.

산모퉁이 돌아 언덕 올라서면
고즈넉한 집 한 채
문 앞 의자에 하얀 머리 장모님!

주름진 뱃살에 힘주며
굽은 허리 일으켜 세우시고, 이 서방 왔는가
정겹게 나를 반기는 해님같이 환한 얼굴!

산모퉁이 돌아
언덕 올라서서 한숨 돌리면
들려오는 정겨운 소리
이 서방 왔는데, 술상 안보고 뭐하나!

땅을 뚫고 올라오는 그 소리
구름 뚫고 내려오는 그 소리

정겨웠던
그리운 그 목소리 귓전에 맴돈다.

아내 때문에 울었습니다 / 이상노

아내의 허리를 주무르다 울었습니다.
토실토실하던 허릿살은 다 어디 가고
앙상한 모습에 그만
내 가슴이 울었습니다.

두 아들을 곧게 키워낸
일류의 산처럼 위대했던 아내의 젖가슴이
힘없이 야윈 모습을 보고 애잔하여
내 가슴이 울었습니다.

바다처럼 깊은
아내의 가슴속을 들여다보았습니다.

가슴을 억누르며 내 허물을 다독였던
백옥같이 하얀 가슴이
시커먼 숯검정이 되어 있어
미안한 마음에
내 가슴은 또 뜨겁게 울었습니다.

시곗바늘을 뒤로 돌려볼까 생각도 했습니다.
그러나, 시곗바늘은 너무 많이 돌아가 있었습니다.

그냥, 처음의 마음
처음의 마음으로 돌아가기로 했습니다.

이승연

프로필

아호 : 시혜
한맥 문학 시 부문 등단
텃밭 문학 운영이사
문학 어울림 운영위원
한국 문인협회 회원
시혜 글밭 리더
현직: 교사 겸 피아노 강사

저서: 피아노 시인 침묵의 시간
공저: 텃밭문학 시화집 외
어울림 문학 등 다수

그대의 창에 등불 꺼지고 / 이승연

별을 닮았을까
맑은 눈동자
그대 눈 속에
담기고 싶어라

강변에 핀 꽃 잎새
은빛 속에 피어나고

곱고 고운 꽃잎 사랑
심어주는 밤
가녀린 그 사랑
가슴 속에 머문 밤

그대 잠 못 이룸은
무슨 까닭일까
고요한 안개 속에
사랑노래 들리는데
아직은 새벽이 먼 이 밤
코 코 잠드세요
토닥토닥 코 코 ...
잠드세요..

별은 빛나건만
그대의 창에 등불 꺼지고

나의 피아노 / 이승연

피아노 피아노 나의 피아노
백설같이 청결한
소녀라 말할까
백합같이 고귀한
쉰두 개 하얀 건반..

피아노 피아노 고운 피아노
새까만 눈동자의
소년이라 말할까
서른여섯 검은 건반 가슴을
울리네

피아노 피아노 나의 친구여
외로울 때 벗이 되고
기쁠 때에 축복됐네

하늘에서 울려오는
천상의 소리련가
발렌치아 고운꽃..
밝은 햇빛 기쁜 사랑이여.

내 작은 창가에 빗줄기
내릴 때면
쇼팽의 빗방울...
리스트의 사랑의 꿈을...

은빛 같고 금빛 같은
청아한 소리
피아노 피아노 나의 피아노
여든여덟 건반 위에

사랑 사랑을 수놓네..
사랑을 수놓네..

어머니 그리며 / 이승연

유월은 붉게 물들어 간다
그리움으로
아카시아 꽃향기 드리워진
고향 언덕배기

샤론의 꽃으로 환생하여
기다리시는 어머니
소쩍새
뻐꾹새 슬픈 사연 토해내며
유월을 보낸다

장미꽃 그늘
차 한 잔의 그리움 담아
그대에게 바칩니다

카네이션 가슴에 달아드리지
못하는 서글픈 현실이
응어리집니다

당신이 그리운 밤입니다
별 속에 머물지 않으시고
천국에 계신 어머님 그리며
이 글을 드립니다

어머니..
서정시를 쓰시던
나의 어머니
쇼팽의 빗방울을 연주하시던
어머니 나의 어머니..

이정애

프로필

간호사
서해 작은 섬 장애인 복지시설 간호사로 근무 중
대한문학세계 시 부문 등단
(사)창작문학예술인협의회 회원
대한문인협회 정회원
문학 어울림 정회원

너는 아니 / 이정애

가을이 내게 묻는다
너는 어떤 빛깔이냐고

나는
불꽃 같은 청춘을
살고 싶었어

나는
천일홍 같은 사랑을
하고 싶었어

나는
구절초처럼 향기로운
여자이고 싶었어

그러나 나는 그냥
무채색의 나로 살고 있었지

가을아 너는 아니?
내가 어떤 색으로
물들어 가는지.....

나는 간호사 / 이정애

누군가 말했다
천사도 아프냐고
나는
아파서도 안 되고
눈물도 슬픔도 꼬깃꼬깃
하얀 제복 아래 감추어두었다

사람들은
지친 천사의 뒷모습을 본 적 있을까

펑펑 울고 싶은 날이
너무나 고단하여 주저앉고 싶은 날이
무심코 던지는 상처로
멍들어가는 아픈 가슴이
천사에게도 있다는 걸 알까

나는
자유롭고 행복하길 바라고
열정적으로 나의 삶을 사랑하는
나는 간호사
사람이다.

누군가 그리운 봄날 / 이정애

바람 부는 봄날
섬마을 작은 우체국에 갔다
섬을 떠날 채비를 한 꾸러미들이
줄줄이 어깨를 맞대고
설렌 듯 나를 바라보았다

나도 덩달아
어디론가 가야 하는 것처럼
들뜬 맘으로 물끄러미 마주보다
혼자 배시시 웃었다

몸살이 났다는 친구에게
문병 대신 마음을 실어 보내고 돌아오는 길
괜시리 파도 소리 그리워 바다로 간다

파도는 내게 묻지 않는다
그저 하얀 속을 내보이며 제 노래만 부르다
노을이 내리면 고운 물로 치장하고
수줍은 눈길로 위로하듯 나를 본다

얼마나 다행인가
누군가 그리운 봄날
가만히 나를 안아주는 바다가 곁에 있으니

이정은

프로필

아호 : 여림
경기 성남시 분당구 거주
(사)창작문학예술인협의회 회원
대한문인협회 정회원
대한문인협회 경기지회 정회원
열린동해문학 정회원
문학 어울림 정회원
커피도 가끔은 사랑이된다 회원
시의뜰락 / 오선위를걷다 회원

저서 : 내 마음의 숲길
동인지 : 어울림 1집, 달빛 드는 창, 열린동해 문학 열린광장 다수
가곡 : 작시 "눈속에 보석", 작시 "작은 불빛 속에"

낙엽 편지 / 이정은

춤을 추는 너를 보았네

어느샌가 곱게 단장을 하고
가을바람에 한잎 두잎 떨궈가며

사랑의 눈 맞춤으로
가을날의 눈부신 축제를 열었구나

울긋불긋 곱게 단장을 한
낙엽에 사랑을 새겨놓고
너의 고운 자태로 가을 사랑을 알리고
풀어 놓는구나!

가을 신부가 되어 준 딸 / 이정은

눈 부신 햇살 속에
어디서 왔을까
곱게 무르익어가는 가을날에
곱디고운 신부가 되어
한 걸음 한 걸음 내디디고

활짝 웃는 너의 얼굴엔
장밋빛 사랑이 가득 피었구나
활짝 핀 너의 천사 같은 자태에는 행복의 기쁨이 넘쳐나누나

이쁘구나! 사랑스럽구나!
가을날의 향연이 펼쳐지는 이 가을에
어여쁜 가을 신부가 되어 둘이 되어 준 널 보며
엄마는 더없는 기쁨을 누린단다

나의 사랑아 / 이정은

내게 찾아와 준
사랑들
아기천사 되어
내 품에 안겨 밝게 웃던 사랑

어느새 내게는
위안이 되고 기쁨을 수고
행복을 주었어라
나의 분신과도 같은 내 아기 천사들

내 눈에는 아직도
아기천사 이 거늘
내 곁에서 사랑 품으로
사랑을 만들어 가려는
아기 천사가 되어가네

이종숙

프로필

경상남도 하동 출생

대한문학세계 시 부문 등단
(사)창작문학예술인협의회 회원
대한문인협회 정회원
대한문인협회 경남지회 총무국장
재능시낭송가협회 정회원
문학 어울림 운영위원

〈수상〉
2019년 금주의 시 선정
2020년 좋은 시 선정
2021년 금주의 시, 이달의 시인 선정
2021년 명인명시를 찾아서 출연
2021년 유치환 시극대회 대상

〈저서〉
시집 "나는 아직도 꿈을 꾸고 있다"

〈공저〉
2020년 명인명시 특선시인선 선정
2020년 시의 씨앗이 움틀 때
2020년 사랑 별 이야기
2021년 명인명시 특선시인선 선정
2021년 조선어 연구회 발족 100주년 현대시와 인물사전에 선정

풀꽃 / 이종숙

작은 몸짓 속에도 삶이 있다
때로는 떠도는 말들이
노을을 타고 하늘로 올라
어둠을 뚫어내는 별이 되고

또 어떤 날은 저 산등성이에 솟은
무거운 돌 틈 사이 작은 풀꽃에도
그들의 사는 이야기가 있다

담장을 넘나들며 살게 하는 빛
사랑의 이름과
나뭇잎에 새겨진 그리움

눈을 떠도 눈을 감아도
살아있는 향기는
언제나 우리의 가슴속에 빛난다

밭이랑의 꿈 / 이종숙

부지깽이처럼 달아오른 한낮
소낙비 한줄기에 낮잠 자는 시간

애야 그만 자고 일어나라
해가 중천에서 떨어지려 한다
게으른 사람은 밥알이 흩어지는 법이지
호밋자루를 주섬주섬 챙기시며
어머니가 발걸음을 옮기신다

눈을 비비는 아이의 눈에는
어느덧 어머니의 고무줄 통바지가 일렁거렸다
종종걸음으로 따라나서는 아이의 걸음에는
애절한 꿈이 같이 걸었다

세상에 노력 없이 이루어지는 법은 없는 것
살아가면서 부딪치는 흔적
지혜의 어머니는 밭이랑 숨은 해를 뒤적거리며
소금 한 움큼 별 뿌리기를 하셨다

세월이 지나간 내 가슴 언저리
밭이랑 역사가 한쪽 주머니에서
가슴으로 넘어오고 눈으로 보는 꿈들이
수시로 출렁인다

꽃보다 당신 / 이종숙

예쁘다
아름답다
꽃에서만 있는 것이 아니다

예쁘고 아름답게 가꾸는
그 사람에게서만
아름다움이 있는 것이다

사람의 아름다움은
불운을 딛고 일어설 때
더욱 빛나는 것이다

바로 당신이 그렇다

이종재

프로필

대한문학세계 시 부문 등단
(사)창작문학예술인협의회 회원
대한문인협회 정회원
대한문인협회 대구경북지회 정회원
재능시낭송가협회 정회원
문학 어울림 운영위원
서울 디지털 대학교 문예창작학과 재학중

〈저서〉
시화집 낙서이야기 발간
캘리그라피 시화집 한줄의 꿈 공저
문경연가 캘리그라피 특선입상

비, 밤빛 / 이종재

비가 흐르는 창으로의 은은한 외란
캄캄한 하늘을 무시한 껌벅이는 조명
별빛인 듯, 달빛인 듯,
기웃대다가 말다가
빛을 끄지도 못하는 빗물 따위에
멍하게 바라보는 창밖에는
껌벅이는 붉은 신호등을 따라가 버린
기나긴 불면의 시간만 남았다
비 맞은 창을 열어둘 수 없어
밤새 껌벅이기만 하다가
스르륵 꿈을 꾸나보다
밤이 이렇게 밝으니

흔적 / 이종재

찾아도 뵈질 않습니다
어느 틈엔 가부터는 흔적조차 찾지 못하고
멍하니 서 있는 이유도 잊어버리기 여사입니다
그 시절을 찾아내는 시간이
점점 더 오래 걸리는
걸음이 조금씩 삐딱 되는 소리가
고스란히 남은 자국만 만지작거립니다
세월의 끈에다 매달아 두었더니
조금씩 탈색된 듯
세상보다 빨리 변해버린 내 탓이렵니다

비 / 이종재

손끝이 저리는 날은
어김없이 비가 내립니다
아마
처마를 가르는 소리가
산산이 흩어지는 표정을 타고
냅다 내 지르는 고함 따위 아랑곳없이
펌프질하는 심장에 엉겨
가라앉아 있나 합니다
행방도 모르는 시름을 잊을 수 없는데도
깃발 내걸린 부표를 잊었습니다
항상 그렇듯 종이 한 장 펼쳐 놓을 뿐
부표라도 하나 그려야 할듯합니다

이주수

프로필

경남 합천 출생
대한문학세계 시 부문 등단
(사)창작문학예술인협의회 회원
대한문인협회 정회원
대한문인협회 울산지회 정회원
문학 어울림 운영위원

가슴에 사랑 있다면 / 이주수

가슴에 사랑 있다면
그 사랑 내려놓고,
눈가엔 눈물 있다면
그 눈물 지우고 가세요.

머리엔 슬픈 기억이 있다면
흘러가는 구름에 날려 보내고,
사랑도 미움도 날 찾아오더라도
스쳐 가게 내버려 두세요.

가슴에 상처 있다면
그 상처 내려놓고,
눈가엔 웃음 있다면
그 웃음 지우고 가세요.

머리엔 슬픈 추억이 있다면
흘러가는 강물에 띄워 보내고,
사랑도 미움도 날 찾아오더라도
스쳐 가게 내버려 두세요.

금강경 / 이주수

헤매고 찾던 곳
그 얼마였던가?

물속 물고기
물을 찾아 십만 팔 천리

나그네 시름 그 얼마였던가?
아 --- 가는 곳 내 고향이련만,

금강경 한 줄기
삼천대천세계 산산이 부서지니

눈 속 이화(배꽃) 향기
조각조각 날 리 누나!

사랑하라 / 이주수

사랑하라!
오늘이 삶의 마지막 날인 것처럼,
용서하라!
오늘이 그대와의 인연이 끝나는 날인 것처럼,
생이란 무엇인가?
구름 한 점 일어남이요,

사(死)란 무엇 이더뇨?
구름 한 점 흩어짐 아니던가.

인연 있어
나, 그대와 만났으니……

예쁘게 살아갈 거나,
미소 띤 얼굴 손을 내밀게나

이진수

프로필

문학신문회원
대한문학세계 시 부문 등단
(사)창작문학예술인협의회 회원
대한문인협회 울산지회 정회원
고려대 평생교육원 시 창작과정 수료
문학 어울림 정회원

세노야 / 이진수

산속에서 더 깊은 산속으로 자아를 찾아
한순간에 달음질친다

스스로 멈추어 가을 속에 고독 속에 갇혀
하늘만 바라보는 시심

비워내려 떨어 내려 애써 매달리지 말자
되돌릴 수 없는 청춘

주어진 고통 품어 즐기려 하지 못한 그저
수긍하려 길들여 놓은 몸

가야 할 길이 있는데 빗장 걸어 어쩌자고
자충수 두어 갇혔나

나 잘하는 것 버려두고 남의 꿈에 매달려 허우적대다
징 맞은 날들

단풍 들 때 화려한 나들이 어울려 즐기지
못하는 헛발질한 허송세월

세상을 품자 욕심도 내어보자 주어진 길 이왕지사 가
야 할 길이라면

악법도 법이고 겨울도 계절이다. 저항하지 말자 큰 영
광을 위해 품자

사랑의 자리로 들어가자 떨어져 뒹굴어야
그래야 가을인 거야.

내 안에 가을을 가두고 내 속에 응어리는
풀어 가을 밖에 두자.

돌리도 / 이진수

살금살금
다가와
옆구리 찔러 살자더니

야금야금
내 청춘
다 갉아 먹고 산 세월아

데굴데굴
다람쥐
쳇바퀴 돌듯 돌았구나

웃고 웃은
날들은
어데 가고 낙엽만 쌓여

조잘조잘
스잔한
바람 가슴을 쓰다듬네

두껍아 두껍아
헌 집 줄게
새 집 다오 애태우던 날

토닥토닥
두들긴
그 시절 내 청춘 돌리도.

이 생명 다 하도록 / 이진수

이젠 정으로 살자 잠든 모습만 보아도 행복하다던 당신
보고 있어도 보고 싶다 고백하던 그 마음
사랑의 의무는 아니었지요.

그저 바라보는 눈길이 아닌 애틋한 애정의
눈길로 기다려준 마음
그 고마움 때문에 참고 견디며 살아낸 세월
벌써 가을이네요

지금 흘리는 땀은 당신을 위하여 힘쓰는
진정한 마음의 정표라오

솔직해지면 불편해진다는 사랑 반려견
안아주듯 나를 안아주오

당신을 위해 꿈을 위해 내려놓지 못하는 볼품없는 사나이
우리 인생의 주연은 당신이었고
나는 조연마저 아니었지요.

아무렇게 내버려 두고 알려고 하지 않는
욕망이 사라진 사랑이라도
일편단심 내 눈 속에 당신이 있다 착각한
그대는 아직도 내 사랑.

임승훈

프로필

인천 옹진군 거주
대한문학세계 시 부문 등단
(사)창작문학예술인협의회 회원
대한문인협회 정회원
대한문인협회 인천지회 정회원
문학 어울림 정회원

오월의 청춘 / 임승훈

오월
너를 가슴에 묻었다.
멀고 먼 여행길에
배웅하던 산길하며
그곳에서 머물러 손을 흔들다

쓰러져 해진 무릎을 세웠어도
아픔이라고 말하지 않았다

거리마다 슬픔이 울먹이던 날
왜 그리도 햇살은 눈부셨는지

미소를 놓지 못하는
푸르디푸른
가슴의 흔적을 수만번 깨물어
으깨진 입술 위에 피 오르고야
이제야 곤히 잠든 사랑아
다시 돌아와 고맙다

잊은 것이 아니라고
말해도 되건만
꾸역꾸역 혼밥이라도 먹어가며
눈물을 삼켜야 하는
오월의 푸른 잎을 외면하지 않겠다.

가을이 가는 길 / 임승훈

저 푸른 들녘을
무수히 지켜왔던 날들을
후회하지 않는다

그 많은
사연들을 새벽 이슬에 씻고
아침이면 일어나
잎새마다 한 잎 두 잎 물들여 갈 거다

밤새 천둥번개가 치는
지난 여름밤에도
한 알의 익어가는 상처를 쓸어안고
푸른 날들의
고운 빛으로 치유하는
향기를 마다하지 않았다

갈 꽃이 바람에 흔들린다
온 산이 불이 타도록
아낌없이 정렬을 태우는 중이다

마지막 잎새까지 떨구고
이 정막을 고요히 칼바람에 덮어두고
꿈결처럼 잠들어 갈 거다.

참회 / 임승훈

삶에서
공허함을 느낄 때
쓸쓸한 촌 노의 고독을 본다

나를 감싸고 있는 치장들
수만 번 돌아보지만
세월 뒤에 한 번쯤 들어 볼 이야기다

으스러지게
가슴 밑바닥에 깔아 두었던
책임지지 못한 빗장들
이제는
눈물보다 진한
고백으로
날 용서할 시간이다.

임재화

프로필

부산대학교 산업대학원 기계공학과 졸업, 공학석사
(사)창작문학예술인협의회 회원
대한문인협회 정회원
대한문인협회 저작권옹호위원회 위원장
한국 가곡 작사가협회 이사
한국음악 저작권협회 회원
문학 어울림 정회원

한국 문학 공로상 수상
베스트셀러 작가 상 2회 수상
한국 문학 예술인 금상 2회 수상 外 다수 수상

〈저서〉
제 1시집 "대숲에서"
제 2시집 "들국화 연가"
제 3시집 "그대의 향기"

대숲에서 / 임재화

대숲에 바람이 찾아와
변함없는 절개를 시험하고
솔숲에는 청정한 마음이
자리잡고 있습니다.
하얀 돌 틈 사이로
졸졸 흐르는 시냇물을 바라보며
이마에 흐르는 땀을 식히고 있노라면
어느덧 버거운 삶에 지친 영혼을 추스르고
또다시 힘차게 도전할 수 있는

용기가 샘솟습니다.
언제나 푸른 대숲에는
늘 여유로운 정과 마음이 있고
살랑살랑 부는 바람에
댓가지가 조용히 흔들립니다.
조막만 한 참새들의 보금자리는
언제나 대숲을 정겹게 만들고
늘 푸른 색깔은 이웃한 솔숲과 화합하여
버거운 삶에 지친 마음에도
빙그레 웃음 찾아들게 한답니다.

들국화 연가 / 임재화

먼 산자락 저만치서
휘하고 달려오는 가을바람이
살며시 나뭇잎 어루만질 때

이제 떠나도 여한이 없는
빛 고운 단풍 잎사귀
서늘한 바람 앞에 몸을 맡기고

하나둘 낙엽 되어서 떨어져
맑게 흐르는 계곡물 벗 삼아
정처 없이 두둥실 떠나갑니다.

저만치서 달려오는
소슬한 가을바람이 살그머니
들국화꽃을 스쳐 지날 때

차츰 깊어가는 가을날
온 누리에 그윽한
들국화 꽃향기 가득합니다.

난초 / 임재화

곱게 핀 난초 꽃송이
잎새 사이로 보일 듯 말 듯
차마 수줍어하는 고운 임 모습

목 길어 괜스레 가슴 시리고
기다란 꽃대 여린듯싶어도
올곧은 기품만 서려 있네요

내면 깊숙한 곳 굳센 마음과
겉모습 단아함 두루 갖추고
늘 순결하고 그윽한 모습이라오

곱게 핀 난초 꽃송이
옥색 꽃잎을 부여잡고서
차마 수줍어하는 고운 임 모습

목 길어 괜스레 가슴 시리고
기다란 꽃대 여린듯싶어도
올곧은 기품만 서려 있네요

마음 깊은 곳에 슬픔 있어도
내면 강인함으로 잘 이겨내고
늘 순결하고 그윽한 모습이라오

임현옥

프로필

대한문학세계 시 부문 등단
(사)창작문학예술인협의회 회원
대한문인협회 정회원
대한문인협회 서울지회 정회원
문학 어울림 총무

그는 바람이었나 / 임현옥

촉촉이 내린 비에
흠뻑 젖어버린 지난 이야기
간밤에 꿈이었나

다시 온다는 기약 없이
찬바람 사이로 가버린 마지막 뒷모습

함께했던 긴 세월
가슴 속에 뒹굴다 지쳐
그리움마저
눈물로 씻기어 간다.

기다림도 보고픔도
눈언저리에 수없이 맴돌다
희미하게 사라져 간
그는 바람이었나

사각 사탕 / 임현옥

낡은 신짝만큼이나 오그라진
두 귀 쫑긋 세우고
저무는 해그림자 길어지면
발소리 혹시 내 집 문 앞에 머물까
토닥이는 심장 소리 천 리까지 들려온다.

사각 사탕 줄어들면
딸 아이 기다리는 거친 숨소리
바람에 얹어 불어올 때
바쁜 발걸음 어머니를 향한다.

고운 모습 세월에 나누고
온몸 부딪혀 살아온 상처투성이
누가 알까 감싸 안은 흔적들

석양빛에 매달린 눈물
운전대 위로 떨어지는 이별 인사
또 올게.

이젠 보내야지 / 임현옥

밤새 내린 눈이
창문에 앉아 소리 없이 새벽을 깨운다.

세상 하얗게 물들여 놓았다고
네 맑은 영혼까지 흔들어 깨운다.

온 삼 년 빈 가슴 홀로 지키며
그리움 끌어안고 지새웠던 날들
보내고 싶지 않아도
이젠 보내야 할 때

비로소 아쉬움에 목 놓아 울어도
두 눈은 이미 멀어
지난 세월 추억으로 흐려져 간다.

이젠 보내야지
아무도 밟지 않은 눈 위로
여명이 눈 뜨기 전에…

전선희

프로필

대한문학세계 시 부문 등단
(사)창작문학예술인협의회 정회원
대한문인협회 홍보국장
대한문인협회 경기지회 사무국장
대한시낭송협회 정회원
문학 어울림 정회원

〈수상〉
대한창작문예대학 졸업 경연대회 은상
2017년 올해의 작가 우수상
2018년 한국문학 올해의 시인상
2019년 한국문학 예술인 금상

〈저서〉
시집 "희망풍경"

〈공저〉
명인명시 특선시인선(2019년, 2020년)
대한문인협회 경기지회 동인시집 "햇살 드는 창" 창간호
대한문인협회 문예대학 7기 졸업작품집 "비포장도로"
문학 어울림 첫호, 텃밭문학회 9호 집, 2020 유화로 보는 명인 명시선
시 소리로 듣다 낭송 모음 7집, 시 마음으로 읽다 낭송 모음 8집
낭송하는 시인들, 경기지회 동인지 제2집 "달빛 드는 창", 명시 "언어로 남다"

바람에게 / 전선희

봄이면
대지를 어루만져 푸른 싹도 틔우고

밤이면
광풍으로 몰아쳐 와서 온 동산 숲을 흔들고

다시 어디론가 새롭게 나서는
내 연인 같은 바람아

살다 보니
내 걸어온 모든 길이 너와 함께였지

언젠가는 모두가 돌아가야 하는 길
이 세상 모든 것 하나씩 버리면서

미련 없이 빈 가슴으로 나도 어느 날
너 따라서 대지 속으로 사라져 가겠지

허공을 떠다니는
부드러운 가을바람처럼

삶의 아름다운 풍경 / 전선희

아침 햇살이 초록 바람을 타고
은은하고 소박한 들꽃 향을 전해주는
나의 하루가 향기롭다

가진 게 없어도
따스하고 포근한 햇살 같은 마음이
작은 여유와 소소한 행복으로 가슴에 안긴다

삶의 순간순간 감사한 마음은
행복의 밑거름이 되어
선물처럼 사랑과 평화가 찾아온다

기쁨도 고통도 즐겼던 인고의 삶은
세월이 흐를수록 더욱더 빛이 나고
진솔했던 삶의 풍경들은 정겹기만 하다

살다가 살아가다가
때가 되어 가을빛으로 물들지라도
내 생에 아름다운 날들이다

만 가지 가슴 / 전선희

햇살이 그리운 날에는
부드러운 손길 사랑스런 눈길로
고요한 작은 속삭임에
추억들을 아련히 기억하리라

외로움 한가득 밀려오는 날에는
촉촉한 숨결로 찾아오는 그리움
별빛 하나둘 얼굴 내밀 때
슬프도록 눈물겨워 하리라

사는 게 힘든 날에는
물빛 고운 가슴으로
하루를 살더라도 진실한 마음으로
소망의 꽃 한 송이 피우리라

삶이 깊어가듯
그리움인지 외로움인지 허전한 마음
한 세상 살아가기 위해
만 가지 가슴 지니리라

프로필

아호 : 松河
대한문학세계 시 부문 등단
(사)창작문학예술인협의회 회원
대한문인협회 경남지회 정회원
대한문인협회 경남지회 지역자문
문학어울림 정회원

상사화 / 정숙경

난 널 본적이 없고
너도 날 본적이 없는데
내 나이 헤아림을 잊은 지 오래

널 향한 오랜 기다림
한껏 차오른 그리움
수줍은 정열의 화신이 되었다

어서 오라는 몸짓의 언어
가녀린 함성의 외마디
더는 기다릴 시간이 없는데
나는 또 영원 속으로
여행을 떠나야만 한다

매정한 시간은 그저
억겁의 세월을 돌고 돌아
끝없는 술래잡기를 할 뿐

인연 / 정숙경

수많은 사람 중에
그대를 만난 건
축복입니다

하늘이 내려준
소중한 선물입니다

인연 법에 따르면
만날 사람은 언젠가
만나게 된다고

소중하고도 귀한 인연
핑퐁사랑을 할지언정

그 사랑 감내할 겁니다
언젠가는 하나가 아닌
둘이서 손잡고
동행하는 꽃길이 될 때까지

학처럼
사슴처럼
해바라기처럼

기다리다 기다리다
망부석 되어도
기다림의 미학을
가슴에 담습니다

그리운 얼굴 하나 / 정숙경

마냥 네가 좋아
그냥 네가 그리워

하얀 도화지 위에
그려 보는 네 얼굴

둥실둥실 흘러가는
구름 사이
아련히 떠오르는 얼굴

세월조차 막지 못하니
어찌하나 네가 그리운걸

빛바랜 앨범 속에
환한 미소로
나를 바라보고 웃네

어느 하늘 아래 살고 있을까
소식조차 알 길 없어
오늘도 그리움만 더 해 가네

정은희

프로필

대한문학세계 시 부문 등단
(사)창작문학예술인협의회 회원
대한문인협회 정회원
대한문인협회 대전충청지회 정회원
문학 어울림 운영위원

잊혀지는 / 정은희

좋아졌다가도 싫어지면 사람은
어디에도 보이지가 않구나

한달이든 1년이든
소식이 없이 지내다 보면
기다림도 아닌
그리움도 아닌
잊혀지는 구나
기다림은 행복이요
그리움은 희망이요
잊혀지는 것은 이별이네요

수많은 사람들과 인연을 속에
선택의 순간도 맛보고
인생의 갈림길로 온다

더욱 신중함은
사람을 볼 수 있는 눈이 있어야 한다

인생을
후회로 살지 않기 위해서

힐링시간 / 정은희

힘든 시기를 맞이하는 때에
몸도 마음도 아픔도
어디론가 떠나고 싶은

살면서 힘든 시기 없는 사람도 없지만
더욱 힘든 시기라고 말하고 싶다

바람에 얼굴을 내밀고
느껴지면서
아무생각 없이 달리기로 하고 걷기도 한다

산위에 올라가면 모든 상념이 날아간다

편백나무에 나오는 향기가 뿜어져 나오고
피톤치드로 정화 시켜주는
마음을 안정이 된다

웃을 수 있는 사람들과
함께 있는 이 시간은
값진 힐링시간
아무도 가져갈 수 없는
나만의 행복이다.

상처 / 정은희

너무 편해 익숙해 버린 환경 속에
나도 모르게 내치는
무심한 말들은

누군가에게 상처를 주고
마음을 다치게 한다

서로 성찰의 시간들을 가지는 것이
서로의 마음을
아물게 하는 약이 된다.

정종복

프로필

대한문학세계 시 부문 등단
한국문인협회 회원
한국현대시인협회 회원
대한문인협회 회원
스토리문인협회 회원
(사)샘터문학 자문위원
샘터문학상(최우수상),
문학 어울림 회원
천성문학상(최우수상)
위대한 한국인 대상(한국신문기자협회)

저서: 제발 티브이 좀 꺼요

담쟁이 넝쿨 / 정종복

어차피 담을 지켜야 할 운명
밤과 낮이 대수냐
여름 겨울이 문제냐
잎들이 여름을 지켰다면
줄기는 겨울을 지켜야 하기에
추워도 해야 할 일
혹여 놓아버릴까봐
서로 깍지손 끼고
어깨동무 굳게 짜서
찬바람 서리에도 선잠으로
버텨내는 끈기와 용맹
이제 봄이 왔으니
깍지낀 손 서서히 풀고
봄비 흠뻑 머금어 잎 피우고
여름 한철은 그냥 푹 쉬거라

애기 단풍 / 정종복

한껏
젊음을 만끽하던 소녀는
가야 할 시기를 알기에
핏빛 가슴을 쓸어내리고
터지는 심장을 추스르더니
아무 말없이 순응하며
떠나는 걸음 아름답다
더이상 미련 두지 않는
절개가 더욱 눈부시다
엣띤 모습 오래도록
진한 여운을 남기고

이렇게 하면 / 정종복

세상일 겪으면서

때로는

할배 같은 마음으로

스승 같은 심정으로

부모 같은 사랑으로

가족 같은 배려심으로

서로가 이해하고

도와주며

잘못은 내가 한 거로

하면

그야말로

최고로 값진 삶일진대

조명래

프로필

대한문학세계 시 부문 등단
(사)창작문학예술인협의회 회원
대한문인협회 정회원
대한문인협회 경남지회 정회원
문학 어울림 회원

산청 / 조명래

동해를 담아 올린 천왕봉이
골골에 잠든 숲을 깨우면
山엔 淸이 돋아나고

부챗살 골짜기들은 앞 산 뒤 산 잔물 모아
소곤소곤 물길 만들어
가랑잎 타고 살랑살랑 바위틈 돌아
자갈길 숨어 나오면

새 하늘이 열리고
어느새 물길은 矢 川이 된다

첩첩이 쌓인 그리움이 중중이 쌓이는 고향

처마 밑에 달린 곶감은 옛정이 흐르고
향내 가득한 딸기는 사랑을 배달한다

에나로
아침 냄새는 싱그럽고
봄이면 꽃잎이 축복처럼 쏟아져 내리는 곳

밤별이 쏟아져 내리는 밤이면
은혜로운 사람들은 쉼표 하나를 찍는다

어머니 깊은 품속에서
아낌없이 내어주는 두 줄기 젖줄이
진양호에서 만나 지난 여정 도란도란
이야기꽃 피운다.

연등 / 조명래

절집이 소란스럽다
목탁 소리에도 힘이 실렸다

적게 담은 것이나 많이 달린 것이나
흔들리는 것은 바람의 역량인 것을
우매한 중생들은 연등 하나에 소망을 쏟는다

부처는 비우라 했는데 채우는 데에만 급급하구나
작량을 잘한 자와 못한 자를 줄 세우는 습성은
속세와 다르지 않으니
사파의 저쪽은 부처를 빌려 도를 얻고자 하구나

목어의 구애는 부처의 말씀처럼 난해하고
엎드려 본 부처의 마음은 오늘도 알 길이 없네
연등에 달아 놓은 무게 만큼씩이나
일 년을 계약한 부처님 등짝을 믿고

누구는 떠나고 또 누구는 남을 것이나
선택의 권리는 내 마음 밖이니
오늘 하루는 착한 사람으로 내려와
그래도 한 가닥 소망을 품는다.

섬진강 / 조명래

蟾津江은 三道를 끼고 흐른다
경계를 긋는 선의 강이다
신라와 백제 경상도와 전라도를 갈라놓은 선이었다

유구한 세월

산자락을 깎아내고 다듬어 모를 없애고 각을 지웠다
이 강이 흐르는 소리에 귀 기울여 보라

계백의 기상이 산여울을 때리고
동학의 절규와 성화의 북소리가 들리지 않는가
왜구들의 음흉한 밀어 소리도 들린다

섬진강은 인내하는 강이다
섬진강은 완만한 강곽으로 펼쳐 흐른다
때론 갈대숲으로 모습을 감추기도 하고
때론 사토 속으로 숨는다

바다와의 해후를 위한 설레임으로
밤잠을 설치기도 하는 강이다
섬진강은 두꺼비처럼
느림의 미학으로 흐르는 강이다.

주선옥

프로필

강원도 평창군 진부면 마평리 출생
주문진초등학교 졸업, 국립공주대학교 사회복지대학원 졸업
대한문학세계 시 부문 등단, (사)창작문학예술인협의회 회원, 대한문인협회 정회원
대한문인협회 대전충청지회 정회원, 문학어울림 정회원, 대한창작문예대학 졸업
문예창작지도자 자격 인증, 현재 국민건강보험공단 근무

〈수상〉
2018년 대한문학세계 신인문학상
2019년 대한창작문예대학 졸업 작품전 은상
2020년 한국문학예술진흥원 코로나19 극복 공모전 최우수상
대한문인협회 2021 짧은 詩 짓기 전국 공모전 동상

〈저서〉 시집 "아버지의 손목시계"

〈공저 및 작품수록집〉
문학 어울림 동인시집 "어울림2", 대한창작문예대학 졸업 작품 동인지 "가자 詩 심으러"
가곡 작시 "그 가을 첫사랑의 기억", 낭송시집 "시 마음으로 읽다" 8집
푸른문학 2020 여름호와 가을호, 앰뉴스 매거진 2020년 6월호(6.25 70주년 헌정시)
대한문학세계 2018 여름호 2020 가을호, 시음사2020 유화로 보는 명인명시선
한비문학 2020 코로나19 극복 대한민국 36시인 시 특선
2021년 동양문학 창간호 작품수록, 2021년 시음사 명인명시 특선시인선
2021년 한비문학 대한민국 명시모음전, 한비문학 2021년 5~6월호 초대시 수록
한비문학 2021년 7~8월호 이달의詩 선정, 문학신문 창간25주년 특별선정 대한민국시인
100인 시선집 외 다수작품 활동 중
조선어연구회 100년 기념발족 현대시와 인물사전에 선정 작품수록

꽃다발 / 주선옥

이 기쁜 날 당신께 드립니다

어느 인적 드문 산길에
호젓이 피어 하늘만 바라보다
툭 틔운 한 잎의 꽃향기

이웃집 가난한 이가 매일
입가에 가득 미소로 키운
흔하지만 귀한 빨간 꽃 한 송이

바람이 지나가는 길목에서
간절한 눈빛으로 누군가와
고운 눈빛 마주치길 기다린
푸른 달개비꽃도 한 송이

그리고 오랫동안
내 마음속 깊이에 심어 두고
오직 이날이 오기만을 기다린
무지갯빛을 닮은 소망 한줄기

오늘은 눈 맞추기 좋은 날입니다
꽃 한 송이 한 송이마다 피어 올리는
그 어여쁜 에너지를 당신께
한 아름 안기오니 부디 와락 받아주세요.

풀잎편지 / 주선옥

어디선가 맑게 흐르는 향기
눈을 감고 헤아리니 당신이군요

언제나 욕심 없이 살았고
그저 싱그런 미소 보고픔으로

눈물 나는 날 하늘을 보면
텅 빈 곳에 맴돌아
조각조각 이어놓던 그리움

어느 때 비수 같은 아픔이
소리 없이 눈물로 흘러내릴 때
따듯하게 안아 다독이고

그냥 무심히 바라보는
그곳에 투명하게 존재하던 그대
그 존재의 무게는 한량없지만

오늘은 빨간 꽃을 피워
내 가슴 가득히 안기는군요

어느 햇살 좋은 날 당신께
하얀 찔레꽃 우표 붙이고
푸른 바람 소리 담아
보고 싶은 당신께 보내 드리겠어요.

가을에 쓰는 詩 / 주선옥

기다렸다가 알곡처럼 거두어들이는
수많은 언어의 채집

어떤 것은 눈물에서 건져 말리고
또 어떤 것은 가슴 저 아래 눌러두었던
돌덩이 같은 한숨으로 피는 꽃이기도 하다

살아 내면서 꼭꼭 다져 둔
빗물로 썩혔다가 다시 거름이 되는
낙엽의 숭고한 희생 같은 것

은하수에 흐르는 별 몇 개 낚아
높은 미루나무 가지 끝에 매달아
초겨울 서리에 농익어가는 홍시처럼

우리 삶의 언저리에 고추잠자리처럼
자유롭게 빙빙 돌다가
햇빛 냄새처럼 곱게 익어가는 열매

아~
참으로 오랫동안 뱉어내고팠던
오랜 기억 속의 먼지처럼
이제는 풀풀 서녘 하늘로 털어낸다.

주응규

프로필

2011년 대한문학세계 시 부문, 수필 부문 등단
2012년 한맥문학 시 부문 등단
현) (사)창작문학예술인협의회 / 대한문인협회 부이사장
현) 한국문인협회 협력위원회 위원
현) 대한문인협회/대한문학세계 심사위원
현) 덧밭문학회 이사
현) 한국 가곡작사가 협회 이사
현) 문학 어울림 회장
〈수상〉
2011년 대한문학세계 올 해의 시인 상 수상
2012년 대한문인협회, 국회사무처, 문화방송 주관 전국시인대회 은상 수상
2012년 한국문학정신 독도 시 경연대회 우수상 수상
2012년 (사)창작문학예술인협의회 한국문학예술인 대상
2013년 대한문학세계 최우수 문학상 수상
2014년 문학세대 전국문학창작 공모대회 인천광역시장 상 수상
2015년 대한문인협회 한국베스트셀러 작가상
2015년 자유문학 전국문학창작 공모대회 전라남도지사 상 수상
2016년 제4회 윤봉길 문학상 대상 수상
2016년 한국문학 올해의 작가 상 수상
2017년 (사)창작문학예술인협의회/대한문인협회 한국문학 문학대상 수상
2018년 현대 한국인물사(現代韓國人物史) 문학계 등재
2018년 국가상훈 인물대전(國家賞勳 人物大典) 수록
〈저서〉
1시집 "人生은 詩가 되어 흐른다"
2시집 "삶이 흐르는 여울목"
3시집 "시간위를 걷다"
4시집 "꽃보다 너"
수필집 "햇살이 머무는 뜨락"
기타 공저: 여러 문인협회, 문학회, 신문 등, 각종 동인지 다수
가곡 작시: 망양정 가곡(16곡) 독자 작사 음반 CD 출반 외, 작시 노래 100여곡 발표

물거품 사랑 / 주웅규

가슴에 파도처럼 밀려와
꽃물결을 띄워 놓고서
사랑의 항해를 떠나자던
그 사람은 어디로 갔나

나 없이는 못 살겠다고
가슴에 내 가슴에
쉼 없이 밀려와
별을 따주마, 달을 따주마
귀 발림에 녹아내린
꿈 같은 사랑

이제는 아득히 멀어져 버린
눈물 속에 잠긴 사랑
사랑에 여윈 아픈 가슴에
아련한 그리움으로
끝없이 파도치는
물거품 사랑.

아직도 가슴에 / 주응규

머물던 자리 돌아보면
어느덧 노을빛 그리움

햇살에 퍼지는 웃음소리도
바람결에 스치는 목소리도
온통 그대이기에

한 줄기 햇살과 바람에도
찰랑거리는 가슴
그대 그리움으로 물결칠 때
가슴에 하얗게 부서지는
물보라 사랑

불현듯이 떠오르는 얼굴이
아직도 그대라서
가슴에 살포시 피워보는
그리운 그대 꽃.

접시꽃 / 주응규

여름 초입에 오시는 당신
지난날 숨결이 닿은 곳에
주홍, 분홍, 하양 빛깔의
사연을 피워놓습니다

멀어진 날들은 소리 없이 흐느끼고
머물다간 자리 돌아보면
어느덧 꽃물 든 가슴이
하느작하느작 잔물결 칩니다

뙤약볕보다 뜨거운 날들의 사랑
햇볕 한 줌, 한 줌을 으깨어
소담스레 차려 놓은
고결한 마음결이 향기롭습니다

부챗살처럼 퍼지는 눈부신 사랑
가만히 그 이름을 부를 때면
사랑의 손길로 한발 앞서
반기는 당신입니다.

천애경

프로필

대한문학세계 시 부문 등단
(사)창작문학예술인협의회 회원
대한문인협회 정회원
문학 어울림 정회원
움터영상문학회 동인지
시인 시화 작품전 2
바람이 좋다 시집 1

마지막 잎새 / 천애경

나목에 매달린
잎새 하나
미풍에 힘없이
빙빙 돌더니
바닥에 눕고 만다
움직이면 밟을까
만지면 바스러질까
한참을 가만히
바라만 본다.

디딜방아 / 천애경

켜켜이 쌓인 먼지
케케묵은 손때로
반질거리던 방아

얼마나 밟았는지
발 딛는 두발이
얇은 널빤지가 되었다

잔칫날이면 떡방아로
늦가을엔 메주를
고춧가루 만들어 김장 준비에

백 살을 훌쩍 넘긴 나이
어르신 삶의 축소판이
사라지는 날엔
하늘도 울었다.

진천 농다리 / 천애경

억겁의 세월
천년의 힘이여
돌다리에 붙어진 이름
진천 농다리

한겁 한겁 작은 암석으로
큰 바위 만들어
길손마다 사뿐히 내리신 미소
풍경소리에 꽃이 핀다

뿌리 내리지 못해도
꽃 한 번 피우지 못해도
달빛 윤슬에
함초롬히 핀 꽃이여

모퉁이, 모퉁이
피는 꽃이여
농다리 돌부처에 앉으소서
흐르는 저 물속에 꽃으로 피소서.

최윤서

프로필

대한문학세계 시 부문 등단
(사)창작문학예술인협의회 회원
대한문인협회 경남지회 지역장
대한문학세계 신인문학상
2018년 문예창착지도자 자격 취득
대한창작문예대학 졸업 작품 동상
문학 어울림 운영위원

문학어울림 동인시집
2020 유화로 보는 명인명시선
2021 명인명시 특선시인선 외 다수

벚꽃 나무 / 최윤서

꽃이 핀 나무를
좋아하기는 쉽다.

꽃이 진 나무도
좋아하는 사람이

그 꽃나무를
진정 아끼고 사랑하는 것이다.

갈잎이 질 때 / 최윤서

붉다 못해 검붉고
시리다 못해 저린
심장이 너덜거린다

푸름에 익숙해
노란빛에 낯선
방황하는 눈빛이 서럽다

저만치 멀어지는
마음의 소리
이기심에 지쳐 쓰러진다.

참숯 / 최윤서

까만 속살 드러내
화염에 몸을 맡기면
붉게 타올라
하얗게 핀 꽃가루

강철로 쌓인 외벽에
여리고 여린 마음이
작은 눈꽃을 피우며
잔바람에 흩어진다

누군가를 위한
아낌없는 희생과 배려는
진한 애정이 담긴
숭고한 사랑이었다.

최하정

프로필

아호 : 화은
천안 거주
대한문학세계 시 부문 등단
(사)창작문학예술인협의회 회원
대한문인협회 대전충청지회 정회원
문학 어울림 운영위원
2020년 금주의 시 선정
2021년 조선어학회 100주년 현대시와 인물 사전 선정
더불어 민주당 천안지회 당원
현직 교사

너를 그리다 / 최하정

달빛 내리는 밤 한별이 떠오르면
고요함이 어둠 속으로 숨어
촉촉하게 젖어 든다

가슴벽에 걸어두고
매일 밤 꺼내어 보는
초아의 얼굴은 반달을 닮았다

꽃이 아니어서 향기는 없지만
대신 너에게 꼭 주고 싶은 것은
달곰한 사랑이었음 좋겠다

언젠가 두 볼에 물기 마르고
내 숨소리 찾아 나에게 스며들면
네가 오는 구름발치 그 길에
너는 오늘도 가슴속에 핀 달맞이꽃 되었다.

송악의 입추 / 최하정

설레게 다가온 가을의 초입
서로들 갖가지 색
뿜어내고 비벼대며 아우성친다

너울에 떠밀려온 실잠자리
수줍어 붉어진 나뭇잎에
엉덩이 살짝 걸치며 내려앉는다

마을 어귀 해묵은 대봉감 나무
스리슬쩍 홍조 필 채비를 하며
오가는 농군들의 말벗이 되어주고
해 질 녘 모깃불 태우는 풀냄새도
타닥거리며 정겹다

해는 이미 중천에 기우는데
고봉밥 한 아름 짊어진 농부는
검정 고무신 터덜거리며
등짝에 붙은 하루의 고뇌를 내려놓는다

어둑해진 동네 뒷산 언덕배기
뻐꾸기 소리로
오늘의 삶이 익어간다.

그리울 겁니다 / 최하정

아린 가슴 부여안고
그간의 안위를 가슴에 담을게요

굵어진 마디에 검게 팬 주름
굽은 등으로 고무신 기워가며
밭고랑마다 고난의 삶이 배어있지만

그 모든 희로애락 등짐마저
그만 내리시고 말간 창가에 놓으세요

먼발치 유유히 흐르는
구름처럼 남아있는
따뜻한 가슴이라도
꼭꼭 보듬어 새어나가지 않게 하시고
눈가의 촉촉함도 그만 놓으세요

한평생 졸인 가슴 꽃가람 쪽배에 올려두시고
헌신한 사랑의 울타리는
한 줌의 안녕으로 편안히 누이세요.

홍진숙

프로필

대한문학세계 시 부문 등단
(사)창작문학예술인협의회 회원
대한문인협회 정무국장
대한문인협회 서울지회 정회원
한국문인협회 정회원
대한창작문예대학 졸업
문예창작지도사 자격증 취득
2017~2020년 명인명시 특선시인선 선정

《《수상》》
2019년 한국문학 예술인 금상
2017년 한국문학 베스트셀러 작가 우수상
2016년 한국문학 발전상

《《저서》》
시집 "천천히 오랫동안"
그 외 동인지 다수 참여

가여운 위안 / 홍진숙

문득 나이를 먹는다는 것이
서글프고 두렵다가도
나이를 먹는 것이
서글픈 것만은 아니라는 생각을 해본다

살아갈 날이 저물어 갈수록
적적하지 않도록
가득 채워진 생의 무게 속에
아무도 건드릴 수 없는
숨어있는 추억들을
기억의 창고에 빼곡히 채워 놓았다가
꿈꾸듯 조금씩 조금씩 꺼내어 추억하다 보면
허약해진 일상들이 쉽게 넘어지지 않을 테니

완의 의미 / 홍진숙

내가 좋아하는 완
그중에서 몇 해 동안 절실히 갈구했던 완이 주는 의미들
완치. 완쾌. 완성
다정히 어깨를 기대며 평화롭게
마침내 제자리로
돌아오게 할 것 같은
먼 길 돌아오는 동안 고단함
아늑한 품으로 맞아 줄 거 같아
마음이 놓이고 용기의 나무들을
자라게 하여 안도의
숲을이루게 할 것 같은
차가워진 것들을 따듯한 온기로 데워 줄 거 같은
바쁘게 사느라 놓쳐버린
내가 눈치채지 못했던
아름답고 시린 순간들도
용서할 것 같은

유혹 / 홍진숙

어둠에서 반항하고 싶었어

강해지고 싶었어

단절된 부재의 검정에서 벗어나 새로운 태어남

흰색으로 건너가고 싶었어

어둠을 걷어내는 눈 부신 빛의 능선

건너가 다시 시작하고 싶었어

내가 묶여있던 비릿한 이별

얼마나 묶여 있었던 걸까

그동안의 저 가없은 햇살

홍찬선

프로필

아호 : 여심(如心)
1963년 충남 아산시 음봉면 산동리 뫼골 출생
서울대 경제학과, 서강대 MBA 졸업. 서강대 경영학과 박사과정(재무관리전공),
동국대 정치학과 박사과정(정치사상사) 수료
한국경제신문 동아일보 기자, 머니투데이 북경특파원 편집국장 역임
2016년 '시세계' 시 등단, 2016년 '한국시조문학' 시조 등단,
2019년 '연인' 소설 등단, 2020년 '연인' 희곡작가 등단, 문학 어울림 정회원

〈시집〉
『틈』, 『길』, 『삶』 『얼』 『품』 『꿈』,
『가는 곳마다 예술이요 보는 것마다 역사이다』,
『아름다운 이 나라 역사를 만든 여성들』,
『칼날 위에서 피는 꽃』(제1회 자유민주시인상 수상시집),
〈시조집〉 『결』
〈소설집〉 『그해 여름의 하얀 운동화』

가을에는 시인이 되자 / 홍찬선

가을에는 시인이 되자
코끝에 걸리는 가랑비 모아
들뜨고 아린 추억 꾸미고
발걸음 채인 낙엽도 비껴
삭풍 이기고 오는 새싹 예약하듯
가을에는 시인이 되자

며느리 얼굴 까맣게 태우는
따가운 햇살 황금이삭 영글고
하얀 서릿발 시래기 익혀
죽음의 부활 귀뚜리 속 노래하는
가을에는 시인이 되자

국화 노란 향기 눈동자 유혹하고
한가위 보름달 넉넉히 마음 키우는
가을에는 쿠린 은행으로 꼬드기는
꽉 찬 사랑을 만드는 그런 시인이 되자

이브의 사과 / 홍찬선

그대는 왜
그 사과를 따셨나요?

그대는
그 사과 따실 때
그 후과 생각하셨나요?

사는 건 선택이잖아요?
고르는 건 쉽지 않지요
책임이 뒤따르고요
그런데도 따셨잖아요?
그것으로 끝이었나요?
그저 땄다고 하실 수 있나요?
묻는 건 쓸모없겠지요
물어도 정답이 없을 테니까요
그래도 묻고 있네요
사람은 답이 없다는 걸 알면서도
묻고 또 물으면서 사는 존재일 테니까요…

수마노탑 / 홍찬선

깊은 숲속에 길이 있습니다
사람의 손발이 닿지 않았던 곳
그 사람이 풀을 헤치고 물을 넘어

길을 만들고
길을 닦으며
길을 얻었습니다

고회암을 갈고, 갈고 또 갈아
돌 벽돌을 만들고
셀 수 없이 많은 돌 벽돌을
가파른 비탈길에 쌓고, 쌓고
또 쌓아 하늘에 닿았습니다

바로 그때부터 시간이 멈췄습니다
그 사람의 주장자는 주목이 되어
1300년 넘게 젊음을 지니고
열목어는 차고 따듯한 시내를 벗 삼아
그때의 사연을 솔 솔 솔 전해줍니다

정선군 고한읍 정암사에
국보 332호 수마노탑(水瑪瑙塔)은
해와 달을 뛰어넘어
그날의 이야기를 고스란히 얘기합니다

문학 어울림에서 문우 간, 글로
문우의 정을 나누는 모습이 아름답습니다.
문학 어울림에서 왕성한 활동을 하는 문우님의 글들이
널리 독자의 사랑을 받기를 기대하며
한국문단에 길이 남을 시인이 되기를 희망합니다.
"문학 어울림"은 문우 간, 서로의 글을 존중하며
창작 활동을 하는 문인의 참모습이 되도록
부단히 노력할 것입니다.

문학 어울림 지은이 52인

국순정 김국현 김달수 김미연 김선목 김명배 김인선

김인수 김진주 김태백 김혜연 류향진 박남숙 박정기

박정재 박춘숙 배영순 백승운 서대범 손경훈 송명복

신동호 심경숙 안용기 오남일 오수경 유영서 유종천

이명희 이상노 이승연 이정애 이정은 이종숙 이종재

이주수 이진수 임승훈 임재화 임현옥 전선희 정숙경

정은희 정종복 조명래 주선옥 주응규 천애경 최윤서

최하정 홍진숙 홍찬선

문학

문학 어울림 동인 시집 제3집

2021년 10월 28일 초판 1쇄
2021년 11월 1일 발행
지 은 이 : 주응규 외 51인

국순정 김국현 김달수 김미연 김선목 김명배 김인선 김인수 김진주
김태백 김혜연 류향진 박남숙 박정기 박정재 박춘숙 배영순 백승운
서대범 손경훈 송명복 신동호 심경숙 안용기 오남일 오수경 유영서
유종천 이명희 이상노 이승연 이정애 이정은 이종숙 이종재 이주수
이진수 임승훈 임재화 임현옥 전선희 정숙경 정은희 정종복 조명래
주선옥 주응규 천애경 최윤서 최하정 홍진숙 홍찬선

엮 은 이 : 주응규

캘리그래피스트 : 김주현

디자인 편집 : 이은희

기 획 : 시사랑음악사랑

연 락 처 : 1899-1341

홈페이지 주소 : www.poemmusic.net

E-Mail : poemarts@hanmail.net

정가 : 15,000원

ISBN : 979-11-6284-328-4